玄牝之門

金車奇幻小說獎
傑作選

【各界名家好評】

輕輕打開這本傑作選，騎乘著幻想的翅膀，我追隨著擁有黃金般閃耀尾巴的鳥兒，一起穿越時空，推開玄牝之門，踏入奇幻之城，飛躍在字裡行間，像遊走鋼琴上的黑白鍵，我從高音處，不斷往低音處彈去，隨著聲音越生厚實沈穩，字字音符也漸漸交織成曲，於故事中徜徉新世界、體會那些耐人尋味。

——Neo（作家、名背包客）

有人說在台灣，奇幻類的作者赤腳走在沙漠裡，我感同身受。得知遠方還有五位傑出的旅伴從不同方向出發，不啻於天降甘霖。

——言雨（奇幻作家／《狂魔戰歌》系列作者）

警告！踏入奇幻世界，只進不出！

——海德薇（奇幻作家／2014年時報小說賞佳作得主）

Content

目次

第二屆・首獎
〈盲眼小女孩看見奇幻之城〉

巫玠竺

作者簡介／巫玠竺

臺北醫學大學醫學系畢。

喜歡醫學也熱愛文學，喜愛虛假與真實交錯的世界。能以奇幻或引人入勝的筆法，幫助人們瞭解平常不易被看見、或被理解的族群，是一件十分美好的事。

不同人所擁有的不同生活，在其他人眼裡，也可能是個奇幻世界。

十二歲的莎夏常常感到寂寞。

十二歲的莎夏一出生就看不見。她一早被床頭鬧鐘的溫柔歌聲喚醒，睜開眼，大片絲絨般的黑色在她眼前展開，像眼窩被倒入了一整瓶墨水。昨日和今日，似乎也沒什麼太大不同呢——她伸長了手摸索，一輕輕拍打，就讓鬧鐘噤聲。擺在床頭的手杖被緩緩拿起，她在行進間，不經意敲擊到地板上的垃圾桶，發出清脆而響亮的一聲「鏗鏘」。

這聲響將房裡的靜默扯出了一條縫隙，讓方位像陽光一般溜進來，指引她該前行的方向。這聲響也擊沉了她心底的沉默，但碎成一地的沉默也無人能訴說，於是她也只是收在心底。她篤定地走至浴室，小心翼翼地把水潑濺至臉上。

莎夏有一頭柔順烏黑的長髮，略略過了肩膀——就像所有時髦女孩該有的長度——這當然不是她自個兒認為或瞧見的，而是媽媽形容給她聽的；她媽媽會像是撿破爛的，去外頭撿拾了一籮筐的新鮮事物，轉述給她聽。媽媽是她的雙眼。她伸直了手，撫摸洗臉台上方的鏡子——幾顆水珠在鏡子上滾來滾去，觸感冰涼——她挺直上身，像自己似乎能直視鏡子；她想像從鏡面的反射，讀到自己的模樣。

她是什麼樣子？

水龍頭被她忽地關上，驟停的水流也像說不出答案，於是閉口不言。

十二歲的莎夏常常感到寂寞。寂寞的原因是什麼？因為她看不見的雙眼嗎？還是因為她只是個十二歲的孩子？十二歲的孩子內心裡，常常會有這種寂寞嗎？

莎夏踱步至衣櫃前，自以為地挑了件她可能會喜愛的上衣。媽媽會在衣架上貼上標籤，讓她讀懂這件衣物是什麼顏色。她的母親是位國文老師，因而十分懂得運用詞彙，試著讓莎夏理解明眼人的世界。她撫過凸字標籤，上頭寫著「紅色」。她喜歡紅色。「紅色是一種熱情洋溢的顏色，它能帶給人愛的感覺——我們的心臟就是紅色的。不過它也可能有憤怒，或者警示的意味，比如十字路口的交通號誌。」媽媽將莎夏摟在懷裡，這麼教導她。西瓜、玫瑰、蕃茄、國旗，還有似乎只為了節日而專門存在的聖誕紅——莎夏以驚人的記憶力，低聲複誦所有學過的紅色物品，一面將衣服從衣架上頭取下。

看不見自己模樣的莎夏，為何又要在乎身上穿的衣物呢？難道她需要在意這世界，是怎麼看待她的嗎？她百思不解，這樣問過媽媽。

「哦，莎夏，我的小莎夏。妳不能太過於不在乎別人的眼光啊。」媽媽溫柔地解釋。

「為什麼不可以？我一出生就是這樣，看不見，又有什麼好在乎的？」一直以來，莎夏都難以接受這個解釋，隱隱覺得有些委屈——她根本看不見別人看待她的目光，於是這些真的重要嗎？聽見這種想法的媽媽，總是會耐心地安撫她，她會說：莎夏不該有這些拗脾氣。

「妳要盡可能地學習融入這個社會。」媽媽嘆了口氣。「人們喜歡跟能彼此了解的人相處。如果願意，妳可以試著多去了解他們，想想他們如何過生活，也許妳這樣，就不會那麼容易感到孤獨。」

了解他們？

「那為什麼他們——不多來嘗試來了解我的？」當時提出疑問的莎夏，遠比現在年幼，當時這種先天殘疾就像她從來無法了解、卻又不得不背負的詛咒。小小的她總是得拼命仰起頭，才能不讓眼淚順著臉頰滑下。她從小就知道自己不一樣——和其他家人都不一樣，他們都擁有正常視力，看得見這個色彩繽紛的世界。人們的嘴巴像上鎖的保險箱，沒有人的秘密會輕易從嘴裡洩露出來——但莎夏仍常常想著，與她相比，他們就是隱隱高了一級。

「莎夏啊，」莎夏記得媽媽說這段話時，喉頭一直傳來「咕嚕咕嚕」的聲響，像是嘴巴與喉嚨自己都知道，說出這種話有多艱難。

「妳有一天會明白——這世界多數時刻並不善良。若是妳能了解這世界多一點，就越懂得如何保護自己。」

媽媽總說莎夏是個善良的孩子，但善良有時是把愚蠢的鏟子，會在殘缺的人身上挖出洞來，讓他們更顯脆弱。莎夏會在別人哭泣時同理難過，會在他人遭遇困難時樂於給予幫助，會在開心時把快樂大方分享。媽媽多以這樣的莎夏為傲——可是這世界上，也有許多人躲在他人的慷慨溫柔之後，成為一條狡詐的毒蛇；更多人把自己牢牢地鎖起來，不喜歡分享，也不喜歡被分享。也總有許多事物無法被分享，比如窮人的貧瘠，聾人的寂靜，啞子的沉默，盲人的黑夜——以及所有不被體會的寂寞。無法被理解的分享，只是一次又一次地讓人們感覺寂寞；而無法被稀釋的寂寞，最終會變得像磨不開的墨一般，又濃又稠。更不要說，這世上真正善良的人，就像烏龜毛和兔子角一樣稀少。

莎夏將紅色上衣往身上套，並試著找著原本放在床鋪上，但是被熟睡的自己踢至床下的牛仔長褲。她雙膝跪地，將手杖置於一旁，手掌貼地順著磁磚一寸寸摸索，沁涼的地磚傳來一陣陣震動。

她試著從間隔時間及腳步輕重判斷，這是屬於誰的步伐？但是搶答在有人舉手前，答案就被揭曉了——媽媽歡快的呼聲從遠方飛揚至莎夏的耳旁：「莎夏，妳這個小淘氣！準備好出門沒有啊？」

媽媽逗得莎夏微微地笑，也許還是撒嬌讓媽媽幫忙吧。她小時候常常找不著丟失的物品，失明的挫折讓她在地板上號啕大哭；媽媽只是拉住她的手，兩人一起匍匐在地板上，頭靠頭搜索著。

漸漸地，莎夏就不哭了，挫折或順遂後來不過成為生活的背景，眼淚也無法抹平挫敗造成的皺摺。雖然當她耗費時間尋找時，也總忍不住疑惑：這世界究竟有什麼好呢？她的確羨慕明眼人的方便，或憧憬媽媽描寫世界的多樣多姿；但媽媽在不經意中也洩露了，這世界，是不是也佈滿了見無可見、避不可避的醜陋呢？

十二歲的莎夏不只寂寞，更多的是困惑。但後來她學會安慰自己——這世界寂寞或困惑的，也許從來都不只她一人；只是明眼人看得見，於是他們能找著許多地方去隱藏，藏到讓他們眼不見為淨。

「這世界太大了，有許多東西即使你看見了，卻也可能找不著。」

這是媽媽念給她聽的尋寶故事裡，她很喜愛的一段話。而就在媽媽進門之際，莎夏探出的右手，竟就先摸著了褲子的右腳。

● 黑色：莎夏

莎夏跟著媽媽出門。她小小的手包覆在大大的手掌裡，感覺到媽媽左手無名指上，金戒指冰涼的觸感；以及因兩人緊緊相握，掌心裡緩緩上升的溫度。她可以感受彼此汗水的黏膩，以及瀰散在兩人間，茉莉花的香水味。莎夏另隻手手中的拐杖，在石磚街道上輕輕敲打，發出像和尚敲擊木魚般「叩、叩、叩」地聲響。街道上的味道與她房裡大相逕庭——於是她把鼻子伸入空氣裡，貪婪地嗅聞清晨的冷冽，以及母親行走時開疆闢地的芬芳。莎夏以自己獨有的方式，學習這世界的新奇。

媽媽拉著莎夏拐向右方。她知道她們要去哪兒——她得去接受治療，治療她的眼睛。雖然一出生即失去視力的莎夏，人生幾乎早已成為定局——但媽媽卻仍不願棄子投降。她記得許多醫生在她臉上東敲西打，一面檢查、一面用輕到不能再輕的聲音嘆息；但也許他們的嘆氣都太輕盈了，輕盈的像是鳥兒身上脫落的羽毛，或角落裡蜘蛛表演特技的蜘蛛網——於是媽媽從來不會察覺。直到他們最後告訴她們：現代醫療與他們本人的無能，與無奈。於是她們只能去吃冰淇淋，在每次拜訪完醫師之後，讓冰涼的香甜掩蓋掉媽媽的失望。那時還小的莎夏，其實非常喜愛這種時刻——草莓的、芒果的、薄荷的、香草的，她一邊用日漸豐富的詞彙，練習形容嘴裡的味道給媽媽聽；而後媽媽會回覆她冰淇淋是什麼顏色。在那種時刻，也許所有母親都會盡可能地滿足小孩的願望——來彌補內在的愧疚感。莎夏雖會對世界究竟看來該是什麼樣子，感到好奇，但她並不強求。她早已習慣了永無止盡的黑暗——黑色，黑色，黑色，專屬於莎夏的顏色。但也許媽媽並不這樣想，無法不這樣想——她也許認為莎夏無緣看見這個繽紛的世界，是一個極大的缺憾。

但這缺憾又是誰的錯呢？莎夏從沒問過。她想，這也許不是一個可以被回答的問題。她其實常常覺得滿足，但她似乎永遠無法告訴媽媽——莎夏的牛脾氣也不是其來無故。她深刻記住了冰淇淋的味道，她複印了媽媽手握起來的形狀；她有耳朵、舌頭、雙手——她試著讓它們取代眼睛的功能，而它們也表現良好。雖然她偶爾會憧憬從鏡裡看見自己的樣貌——但那份憧憬就像一塊被分食的蛋糕，在手中捧著的份量，越來越少。

行走間的莎夏感覺一股涼風拂上她的臉。她們踏入醫生的診所了。

「您好，我們和進藤醫師有約。」落後幾步的莎夏聽見媽媽這麼說。這裡與最之前拜訪過的診所不大一樣：消毒水與中草藥的味道混雜一起，背景聲音似乎總有一個低沉的男聲，反覆呢喃訴說異國的語言——遙遠的，模糊不清的，神秘的。有一個笑吟吟的聲音回答：「好的，請您稍後。」

打從很早以前，莎夏的眼睛就被西醫師們放棄了，再之後，換她爸爸也放棄了；唯一堅持著的是媽媽，以一種柏油路底鑽出頭的小草般的毅力，持續花費時間、金錢及精力，帶她接受各種民俗療法和偏方。

她們坐在候診區等候，她的手杖被對折收起，規矩地擺在膝上。黑暗與沉默，似乎常常是同一件事；於是莎夏常常也有很長一段時間，會讓自己浸潤在沉默裡。在沉默裡她能夠思考許多事，許多因為黑暗，而變得更加深邃的事——比如人們是否一般比較喜歡開口，遠勝於傾聽？莎夏的耳朵太容易因為旁人的叨絮，而感覺疲憊；於是她也想，一般人的耳朵是否輕鬆許多？而他們的眼睛是否也忙碌地值得同情？或者最可憐的，其實是他們的嘴？

但是沉默偶爾也會像黑暗一樣，成為一種隔閡；於是像這種時刻，莎夏也無法明白媽媽正想些什麼。她偶爾會想要擊破沉默，說：放棄吧，媽媽。

但今天有勇氣打破沉默的，並不是她——而是柔弱又無關的護士小姐。「妳們可以進來囉。」她招呼她們進到診間裡，莎夏躺上診療臺，在她反應過來之前，幾片小小圓圓又冰冷的電磁片，已分別貼上她的前額、太陽穴以及眼睛四周。黑暗是她從小到大的夥伴，從來不曾真正讓她感到惶恐——只有當她每次躺上診療台時，她總莫名地胃部痙攣，像有一隻鯉魚要從她的喉頭躍出。

「妳還好嗎，莎夏？」進藤醫師不知何時走到她身旁，輕柔地拍了拍她的頭。進藤醫師的聲音像光碟裡收藏的大提琴，被彈撥時會帶給人既溫柔又開朗的感覺，像春天在枝頭跳躍的小鳥。

但她厭惡他身上的菸味——她不喜歡抽菸的人們，總讓她想到垃圾場裡的焚化爐——但媽媽也許認為焚化爐是重要的，於是十分信任他。

焚化爐，大提琴，進藤醫師。莎夏在心裡默念一次——這是她歸納人們的方式。

「我很好。」莎夏不喜歡說謊，但這種時刻，她不得不。

「好乖。」進藤醫師手頭似乎正忙些什麼，一邊退離診療椅。「這是我們第二次電療了，力道會稍微強一些。」

有隻手輕輕地撫上了額頭——莎夏猜這是媽媽的手——但連這隻手也很快就撤退了，一如治療室裡其他人的吵雜。所有人員都被清空，只剩下她孤單一人；她躺著，痛恨像蠅蟲般爬上她的肩頭，她卻無力將牠掃落。

另一個不打招呼的是一股電流，瞬間自莎夏臉上竄過——像賽馬由眼睛周圍起跑，跑向她的全身。她四肢開始痙攣，一陣又一陣顫抖，腦袋跟著嗡嗡作響，像腦中被置入了一個失控的警報器。莎夏覺得不舒服，像有人由頭頂潑下一桶冷水後，緊接著又再潑了一桶熱水。她想放聲大叫，但想起媽媽也許在隔壁房裡觀看——於是咬緊下嘴唇，忍住了。

電流持續約五分鐘後，停了下來，莎夏聽見麥克風裡傳來進藤醫師的聲音：「莎夏，妳很棒。我們先休息一分鐘。」我很棒。但這樣的讚美，最終對任何人的傷痛並無幫助；她的忍耐力驚人，一聲不吭地撐過五個循環。當莎夏最終被允許離開診療臺時，她面色蒼白、腳步踉蹌，那些電流似乎仍依依不捨地在體內流竄——特別是她的頭，像有人輪流在她兩側的太陽穴，一邊跳躍、一邊敲擊著戰鼓。

媽媽擔憂地抱緊她，替她抹去臉上的冷汗。「還好嗎？」

莎夏搖搖頭，她搖頭的速度如此無力而緩慢，於是進藤醫師得以在空隙中插嘴：「這次療程激烈了些，可能會讓她難受好一陣子。」莎夏腦內的電流與進藤醫師的語調產生了共鳴，使得他吐出的一字一句變成走調的高音豎笛，既尖銳又刺耳。

「幾天後她就會好一些了。」

莎夏忍著沒有反駁，但一回家就吐了。她無法忍至臥室旁的廁所，於是吐在玄關的盆栽裡——糟蹋了這株牡丹啊，莎夏愧疚地想。她趴在花中之王的小灌木上，與這樣一株高貴的花共享她的穢物及狼狽。突然她被凌空抱起，彷彿聽見花朵輕輕舒了口氣——是爸爸，那氣味淡薄卻悠遠的薰衣草沐浴乳香，使她鎮靜下來。「噓，沒事的小乖乖。」爸爸的音調像正午時分的鐘聲，正午時分的高溫，會讓聲音走得又急又堅定。鐘聲，薰衣草，爸爸。莎夏把屬於父親的詞挑了出來，組合成父親的模樣。

她是一隻受傷的幼雛，依偎在父親懷裡；他幫她換過衣服後，抱著她回到自己床上。爸爸在莎夏額頭上，留下了一個吻。

那個吻讓她更加昏昏欲睡，卻依舊無法入眠；父親母親劇烈爭吵的聲音，像忽大忽小的交響曲，不屈不撓地穿過一層又一層的牆壁，飄入她的耳裡，洗去她額上的吻，讓她一點一滴又變得清醒。

「她永遠！都不會與一般人一樣！她一生就只能是這樣了！」

莎夏靜靜地躺在床上，她把眼睛闔起，再睜開。闔起，再睜開。她知道天花板懸掛著一盞吊燈，還有一部會喀喀喀地轉的老舊吊扇；她希望她「看到的」都能不再是她的想像，不是在只剩自己的黑暗裡，畫出只屬於自己的一幅畫。她希望每次掀起眼簾，都能有不再重複的結果；她希望有人能開一盞燈，為了她。可惜什麼都沒有發生，什麼都不曾改變。進藤醫師依舊讓她失望，而她依舊讓媽媽失望了。

莎夏靜靜地躺在床上，她對於這個世界而言，一直都是過於安靜的。連她的淚珠，也就這樣，靜靜地滾了下來。

莎夏沉沉地睡至隔日傍晚，她似乎一直在不甚清晰，又毫無故事情節的惡夢裡掙扎。最終等到她能起身下樓時，她聞到了飯菜的香味；有人鏗鏗鏘鏘地忙著擺弄碗筷，她想那應該是姐姐。

走至門口後莎夏才開口：「我們是要吃午飯，還是晚飯哪？」

擺盤的聲音沒有被中斷，而是由姐姐的聲音加入了這段嘈雜：「晚餐喏。瞧妳，都睡一整天了。」她姐姐是個溫柔平淡、卻有嚴重潔癖的女孩，總是像剛曬洗完的被單一樣，瀰散著一股漂白水的氣味。而她的語調，不知是否被反覆淘洗的後果，常常也如新生小貓一般脆弱。

小貓，漂白水，姐姐。莎夏找著自己的位置坐下，她很少幫得上忙——姐姐總是不尖銳地指出她的動作緩慢，清潔不當——那些話語毫不尖銳，但卻像是重錘般砰砰砰地擊打，於是慢慢地，莎夏就被排除在家務之外。

餐桌上所有人天南地北的聊著——聊除了莎夏的眼盲，或治療失敗以外的話題。她的家人們都很熟練了——即使這話題就像一個橫在路口的大洞，他們卻都練就了如何高超地跨過，而不是想方設法將它填平。莎夏像隻小老鼠般，低頭安靜地扒飯。她偶爾感覺到眼睛四周莫名地發癢——她用手指摳著、摳著，卻也摸不清有什麼異樣。但今天三不五時，飯桌上就會陷入一陣突然的沉默，在歡笑的晚餐時刻，簡直就是位不速之客——於是莎夏會驚懼地停下動作，暗自思考著：是她關心眼睛的動作太大了嗎？打擾到其他人了嗎？

餘下的用膳時光，莎夏只好將雙手在膝上擺好，由膝蓋提醒她的手指頭要規矩；沒想到一餐下來，他們竟然忍住了——簡直像個不可思議的奇蹟。

而奇蹟又會是什麼樣子？人們真能目睹奇蹟嗎？這是長久在莎夏心底豢養的一個疑問，如同一隻嘶嘶吐信的蛇——眼睛能否感受到奇蹟實體的樣子？它會有炫目耀眼的色彩，或可被描述的形狀嗎？

她當然沒有答案，雖然晚飯後她都學梭羅先生去散步，但她對人生仍然沒有太多了解。她拿起拐杖——今夜她婉拒了所有家人的陪伴，堅持一個人去散步。

「小公園很近的，而且我想要單獨靜一靜。」

入秋的微涼夜晚，附近社區遠比想像中熱鬧：遛狗的老人、慢跑的青年、散步的夫妻，前方不遠處有位小嬰兒，在人行道上咿咿呀呀地說著無人聽懂的話，一個親切的女聲則溫柔地回應。莎夏忍不住尾隨其後，嬰兒身上總有股嫩芽般清甜的芬芳，讓她像隻嗅到帶肉骨頭的小狗，亦步亦趨地跟在後頭。

她知道他們已步行至公園入口，那位母親卻只是繞著公園外圍走，沒有進入的打算；對莎夏而言，公園裡才是安全的，她覺得有些失落，卻也只能與他們分道揚鑣。

記憶幫助她繞過入口處幾根橫阻的鐵桿，也提醒她閃過步道前方的一個窟窿；步道是泥地上間隔鋪著的石板，路旁種滿了灌木，間雜點綴著秋海棠及大波斯菊，再後頭的欒樹像行列般規矩整齊——這都是之前媽媽告訴她的，像媽媽用文字描摹出景色的外框，她再靠著想像力著上顏色。

她的拐杖在前方探索，當季盛放的秋海棠呼喚著她的好奇心。突然一樣不知名的物體，「啪！」地一聲落在右前方的地上，莎夏先是嚇了一跳，卻也僅僅如此——多年來她面臨到的未知，都已潛藏、並和黑暗融為一體，於是她得儘可能學會不驚恐。拐杖依舊盡責地走在前頭，前端先是觸著了一個軟軟的物件，不如石頭地板那般堅實。她舉起拐杖東敲敲、西碰碰，確認位置後蹲了下來——伸出手，探看那團軟乎乎的物體究竟是什麼。

她先摸著了小爪子，毛茸茸卻潮溼的肚子，還有翅膀——是一隻小鳥兒嗎？莎夏阿姨家有隻古巴紅鸚鵡，曾被莎夏當成活動的學習範本；那隻鸚鵡倒也有驚人的耐心，會乖巧地窩在她手裡，讓莎夏盡興探索鳥類形體的奧秘。偶爾莎夏的手指在牠身上游走時，牠會調皮地尖聲大喊：「好癢啊！好癢啊！」逗得莎夏哈哈大笑。

她太專注了，太專注於她的指尖，於是她對周遭事物的悄悄改變渾然不知——比如滿月正神秘地自雲層後探出頭來，比如天空正緩緩飄下了小雨；她繼續以觸覺貪婪而熱切地探索著，當食指由鳥兒的翅膀轉移至小小的尖喙、並停格時——莎夏眼前霎時一片光亮。

莎夏嚇傻了，這是她第一次「見著」黑色以外的顏色——光像水流一般自她身邊奔騰而過，如同有次媽媽帶她入泳池裡，泳池出水口的巨大水柱沖刷著她。莎夏那股堅拗在這種時刻，也如洪水一般湧現——不論再如何驚慌失措，她仍緊緊抓住那隻小鳥，沒有拋下。

光沒有嘴巴，不會出聲；她往常倚賴的聽覺失常了，四周沒有任何聲響。也不知過了多久，光亮的強度漸漸減弱了。但在光河完全退去之前，莎夏先猛地撞上了什麼東西。「唉唷！」對方沉沉地低吼一聲，那是一塊黑如木炭般的背影。莎夏此時仍不覺哪兒奇怪，直至對方緩緩轉身——她看見了。縱使世俗對顏色的定義與她所能理解的，可能依舊兜不攏——但這是繼方才的光流之後，有黑色以外的色彩願意拜訪她。對方的白色袖口像由黑西裝的末端長出，金色的鞋尖與紅色的領結，都成為黑與白的點綴；在龐大的高禮帽底下，那張蒼白如鬼魅的臉，有著連帽子也遮不住的憂傷。愁眉苦臉的對方在看見她時，右眉驚訝地挑高，顫抖了一下。

莎夏曾在長長的黑夜裡做過好幾次夢——夢見她如果能看見這個世界，那究竟會是什麼樣子？可惜往往一覺醒來，她的夢就散了，那些夢中的瑰麗，完全無法抵擋現實的殘酷；即使窗外天光乍破，即使日頭被撕裂、碎落在眼皮上——她的世界仍舊像被布幕籠罩般，漆黑無光。

莎夏低頭，看了看手裡那隻小鳥。牠有著藍綠色的羽毛，胸口的溼潤原來是被血染了一大片；長長的尾巴閃耀如黃金，可惜現在卻沾上了泥土。她順手替牠拍去那些塵土——這就瞧見了從沒見過的、自己的雙手。

高禮帽男子拿他那對哀涼的雙眼，盯著她好一陣子。最後他緩步移近，伸出雞爪一般纖細的右手，說：「歡迎來訪鳥之城。我，是第七號遺言收錄師。」

● 白色：遺言收錄師

莎夏完全不知說些什麼好，就這樣愣在原地，像個擺錯位子的逗號。她其實還深陷在初初見世的感動中——雖然完全不知她為何會身在此處，或此地究竟為何，但她心底喜悅的浪頭，還是漸漸壓過了震驚。她看向所謂「遺言收錄師」，男子像個骨頭架子，膚色慘白，戴著的那頂高禮帽相較於玲瓏的頭，顯得過大又過高。帽子上方繫著一條粉紅色的緞帶，在微風吹拂下，像蝴蝶般翩翩飛舞。白襯衫配戴紅領結，燕尾服搭著尖皮鞋，皮鞋前方閃閃金光，像霧裡遠方的路燈，一眨一眨。遺言收錄師又挑了一次右眉。他的眉毛很粗，像下垂的海苔；眉下的眼睛卻過於細長，微微上挑，就有了那麼點丹鳳眼的味道；耳垂肥美如一塊紮實的五花肉，臉卻像隻馬又瘦又長。這就成為莎夏生命中，看見的第一張臉嗎？

對方看她沒什麼反應，又再次重複了同樣的話。

「嗨，我是遺言收錄師，妳現在在鳥之城裡。」

「您好……，我是莎夏。」莎夏仍有些不知所措，但對方看來並無惡意，於是她如實告知了她的名字。「請問這裡……究竟是什麼地方？」

但其實莎夏真正想問、或必須問的，應該是：「為什麼我看得見了？」但一劈頭只關心自身的事，好像太過自私了，所以這句話先被她嚥了回去。遺言收錄師歪著頭，先看著她的臉，再把目光移至她的手。

「啊，牠果然在這兒啊。」他伸出雙手，掌心向上攤開——莎夏順從地把鳥兒遞出去。遺言收錄師愛憐地撫摸著金尾鳥。「牠受傷了。難怪，難怪會被妳遇見——這可是進出這兒的鑰匙啊。」話都還沒說完，他臉上就先生出了百感交集的表情。

「說實在的——我也好久沒遇見來訪的人類了。」

「啊？」

「也許是新時代的人們，都不喜愛接觸大自然了吧。」他將鳥兒揣入懷裡——他的身材過於纖細，於是鳥兒嬌小的體積，完全沒在胸口造成任何隆起。

「請問……」莎夏還想開口，卻先被對方打斷了。「我恰好有幾件新工作，正忙著，妳就跟著來吧。」遺言收錄師自後邊褲袋掏出兩隻鑲金邊的白手套，又不知從哪兒，憑空變出一本閃閃發光的筆記本。

「工作？」莎夏覺得自己的反應像個道地的笨蛋，但實在有許多事情，她必得要搞懂；否則那些困惑憋在喉嚨裡，像一口痰梗住，快將她噎死。

「我是遺言收錄師啊。」對方比手畫腳地這麼說，戴著白手套用力揮舞的雙手，看來就像花園裡四處飛舞的小白蝶。

「有人的壽命即將到達終點了——我得去謄寫他們的遺言。」

莎夏正在空中飛——或說在空氣裡飄浮——她也不知自己如何辦到的，但她正與遺言收錄師手牽著手，俯瞰這座城市。

「請問……為什麼我能飛啊？」莎夏怯生生地提問。她認真地思索著：是否該對從這個高度跌落下去，感到害怕？

「因為現在的妳，沒有實體啊。」遺言收錄師正專注盯著前方大廈的窗戶，沒看向莎夏就送出了答案；莎夏等著進一步解釋，他卻只是將食指放至唇前，示意她噤聲。

莎夏還不是那麼熟悉她的眼睛——她四處搜尋一陣後，才大致明白他正盯著哪扇窗戶——有位看來病懨懨而神色悽愴的的老人，正嘗試取了段繩索，套至臥房握把上。當然也可能是她猜錯了——如果死亡是一視同仁，眾生平等的——那老人上方正忙著梳妝的少女，或左側廚房裡吵嘴的夫妻，也都可能是他的目標。

「是那位老人嗎？」

「嗯。」遺言收錄師目不轉睛。「久病，又獨居。」

想當然莎夏從沒目睹過自殺的場景——只是新聞裡，總會詳加描述這種場面，伴隨主播誇張又充滿抑揚頓挫的語調。莎夏雖有豐富的想像力，這種場景卻也是她極不願假想、或者見識的。她激動地搖晃遺言收錄師的左手，那是一個有所求的請示——他卻只是悲傷地望向她的臉，搖了搖頭。

此刻她才真正理解他的職業——「遺言收錄師」代表的意涵是什麼了。他將她拉得靠近一些，近到可以聽見老人的自言自語。收錄師打開他的筆記簿，掏出一支有著如同星星光輝的筆，靜靜地等候著。

莎夏豎起了耳朵。老人確認套索牢牢地掛在門把上之後，從視線裡消失了一陣，再現身時手裡多了瓶酒。他一面大口大口地灌著酒，嘴巴一面囁嚅地哀號些什麼；被切碎而吐出的話語是潤澤的，是被眼裡落下的淚滴所打溼的。這也是莎夏第一次見識到：原來哀傷是一種可被觀察的情緒；以往對她而言，悲傷只是聽來沉重的，如同一把小秤子將人們的語調往下拖，沉至十八層地獄那樣的地方。遺言收錄師在一旁專注地振筆疾書，那些字詞就像遁入地獄前，被他用文字逮住、網羅，是它們在光明中的最後一瞥，是它們墮向黑暗前的道別；那些話語如「我愛你們，不想拖累你們。」「這爛身體讓人走投無路了。」等等的。

死亡前的那段時光，究竟會被死神加速或減緩？沒有人知道。但也許對那瓶酒而言，人類的絕望會加速它的損耗。它以驚人的速度被喝下肚，然後老人將它拋至一旁——它在空中撕裂出一條弧線，落地時竟完好無缺，什麼都沒被扯破。老人走至門口，莎夏有些恍惚。遺言收錄師突然鼓起他的燕尾服——過瘦的身材襯出衣服尺寸的過大，像一隻展翼的鷹，即將乘風而飛。他將莎夏摟入懷裡，嚴肅地說：「也許妳別看得好。」

莎夏被包裹入燕尾服裡，像捲心餅中的內餡。她外表看來沉靜，內心卻五味雜陳。習慣使然，她趁機嗅聞、意圖記憶遺言收錄師的味道——他身上的氣味卻像被打劫過般，清潔溜溜，聞不出個所以然來。即使是死在角落的老鼠，也會滋生出腐敗的味道啊——似乎就在這種哀痛的時刻，她的嗅覺也因沉重而失靈了一般。

味道是從一個人毛孔裡生長出來的，即使用力刷洗過，也無法擺脫；對莎夏而言，那是證明一個生命的真正存在。

一切就在她的胡思亂想中，悄然無息地結束了。當她小小的身體被放開時，他們已經飄離了公寓窗口。莎夏不忍心的回頭——但老人被窗口褪色的花布窗簾擋住了，像被葬在無人照料而將要枯萎的花圃裡；她只見燈光溢出的溫暖，那溫暖在上一刻的悲劇襯托之下，更顯蒼涼。她想像他懸在門把上，像一片脆弱而飄盪的樹葉。

她感到難受，遺言收錄師卻只是鎮靜地開口：「別發問，也先別說話。我們得趕向下一個工作。但這次應該會快上許多。」

莎夏對死亡的不舒坦，和獲得視力後的貪求——可以是兩回事；兩種情緒各佔據了心裡的一角，一東一西，不吵不鬧。對他人生命終結的悲憫，及對人類生活的好奇——在她小小的心裡，被調和地極好。她趁著移動時，像永遠不會滿足地，以雙眼欣賞腳下的城市；或許更可以說，她正卯足了全力，用視力去「複印」一整個世界。抬頭見著滿天的星辰如碎鑽，簇擁著銀幣般圓又亮的滿月；低頭是大馬路的車水馬龍，車流像一條馳騁的巨龍，由街道兩旁的路燈鑲邊點綴著。然後她把視線收回來，看見了遺言收錄師握住的手——她的手。

她想，她也得趁這個機會，見見自己的模樣。

他們在一個碩大的銀十字上停下來。莎夏平時很少有機會來這種過於熱鬧的地方——無論獨自一人，或者家人結伴。她知道失去視力的她，等同喪失了一項有力的武器，家人也無法保證能替她抵禦意外。「我們在這兒等吧。」遺言收錄師悄聲說，他放開她，擺開紙筆預備；筆和本子是以銀鏈子掛在頸上的，在他們飛行時，就像慧星拖著光亮，忠實地尾隨著。

人們在腳底下來來去去，雨勢漸漸大了。莎夏伸手想捧住雨滴，卻發現雨滴只是直穿而過，彷若她不存在。留不住啊，心頭有什麼正咬嚙著莎夏；她明白，他們等待的意義是有人即將死亡，而側錄下人們的最後一段話，是他們的任務。她偷偷瞥了瞥遺言收錄師的側臉——莎夏仍不太明白「表情」暗藏的內涵，但他怎能如此專注呢？怎能有人能忍受這種工作？怎能有人，能如此耐心地等候死亡？

死亡拜訪前會先捎來隻傳聲鳥嗎？會有什麼先兆嗎？如果人們飛得如莎夏這麼高，也許能夠瞧出個所以然來——摩托車的引擎在高速行駛下吼出的轟隆轟隆聲，像由遠而近發怒的春雷，從東方朝十字路口逼近；遺言收錄師猛然拉扯莎夏的手，兩人疾速向下俯衝。東西向的號誌由綠轉黃，摩托車卻絲毫沒有減速的跡象；南北向被騎乘的交通工具像按捺不住的猛獸，著急而瘋狂地蓄勢待發。當紅燈一轉換成綠燈時，它們就像等到允許的脫韁野馬，往前奔去。

之後回想，莎夏仍不是太清楚事發的細節。回神後只見一雙腿自砂石車底盤，直挺挺地伸出，好似攤開的筆記本下擺了兩支漏水的原子筆，汩汩的紅色液體由車底流出，像關不住的水龍頭。遺言收錄師對她搖頭時，她明白他早已湊近探查過；他自己解剖了這一幕，沒讓她瞧見太多細節。

「死亡來得太快了，他什麼都來不及留下。」他一邊同她說話，一邊在筆記本上註記些什麼。「我們得快一些，還有從座位上被甩飛的那個。」

莎夏四處張望，遺言收錄師倒是毫不見遲疑，瞬間拉住她就飛到了那人上空。年輕男子右腿以怪異的角度向後扭曲，像個被線繩操控的木偶；他的肋骨不聽話地自胸口長出體外，如同有人插上了一把劍，不願拔出。他躺在一整片紅色的地毯上，像在星空下，獨自一人野餐。

破碎的人偶哭了起來，嘴裡混沌不清地說些什麼。一旁人群如螞蟻遇見灑落的糖粉般，開始聚攏；緊急救護人員的螢光背心特別醒目，在夜色及雨滴的襯托下，成為一種訓斥的警訊。如螢火蟲的救護員撲上他的軀體不久後，開始壓胸，人群裡又是一陣慌亂。

遺言收錄師果斷地轉身，莎夏有些訝異，開口詢問：「他死了嗎？」

「嗯，回天乏術了。」

「那……他最後說了什麼？我沒聽清楚。」

遺言收錄師正忙著在記事本上紀錄。情緒能被筆跡留存下來嗎？那一刻的驚嚇、不捨、悔恨，能被翻閱的人讀出來，傳至對方心坎裡嗎？

「說……對不起，重複了五次有吧。」

此時遺言收錄師抬起頭，像挖礦般，探進莎夏的眼睛。他的眼睛像晴空下、山谷裡，閃閃發亮的湖泊。湖水裡淺淺深深的，不知蕩漾些什麼；看似平靜無波，卻又深邃地蘊釀了某些細瑣的事物。在莎夏這年紀，還不能明白的是：哀愁會隨著年歲，被迫深沉，沉澱入底，像隱瞞了一個很難分享的秘密。這層汙垢越積越厚，越沉越深，最終在漫長的歲月裡，再沒什麼能打動它們，使它們激動、浮至表層。只有在最不經意的時刻，眼睛會偷偷宣洩這個秘密——能責怪它們嗎？如果沒有一個能夠噴發的洞，一個得以被觀看的孔，人們是否最終，會被心底的沉重壓垮？大概這是眼睛被稱作靈魂之窗的原因了——人們從眼神裡呼喚彼此，解讀彼此的情感，嘗試了解對方的本質；而這一切，都無法用莎夏倚賴的聽覺，或者嗅覺所取代。

這真是莎夏第一次，對於擁有視力這件事，如此明確察覺到自己的羨慕——與失落。

「想什麼呢？回去吧，我差不多要下班了。」遺言收錄師手裡的筆記本消失了，他長長吁了一口氣。「希望轄區內別再有案子了。」

莎夏現在肚裡盛裝了太多種情緒，夾雜著太多疑問，壓得她沉甸甸的；他們兩人現在正停在某戶人家屋頂上，像兩隻聊天的麻雀。

「我們怎麼回去？用飛的嗎？還有最重要的，」莎夏憋了太久，於是像瀉肚子般，撲嚕嚕地把問題全拉了出來，「為什麼我看得見了？」

「嘿，嘿。」遺言收錄師的眉毛誇張地上下跳動，表達出主人的驚訝。「慢點哪，小女孩。我們等會兒有許多時間，能夠讓妳發問。」

初見面時莎夏捧著的那隻鳥兒，被他自懷裡掏出來，鳥兒胸口的血早已結成塊；雖然虛弱，牠仍是目光炯炯而警醒地環顧四周，像一盞機靈的探照燈。

「記得關鍵是什麼嗎？」遺言收錄師順理鳥兒背上的毛，面無表情地開口。

「什麼？」莎夏一頭霧水。

「重點不是炫耀奪目的金尾巴哦，而是不起眼的小尖嘴。」遺言收錄師將鳥兒湊至她鼻尖，小鳥此時愉悅地啼了一聲。

「來，妳先請吧。手指停留個三秒哦。」

金尾鳥有一對上過釉的大眼睛，像油亮的兩顆黑色圍棋；牠溫柔地盯住莎夏的臉，也圈住了她的心。她將右手食指擺上去，頓了幾秒——前一秒她還見著遺言收錄師的長馬臉，後一秒她一個閃神，就被眼前的巨大光流所吞沒。但這次她不再那麼恐懼了，因為遺言收錄師正在後頭不遠處大吼：「哈！這是我每次最享受的部份了！」

光流像霧般散去，他們又回到了初相遇的地點。莎夏雖然見著人類世界的時間並不長，但此地景色相比下，明顯與實體世界大有不同：每樣事物都像溪河般，緩緩流淌著。腳下的道路如波浪般起舞，路旁雜生的小草像在海底裡搖曳的水草；原本植在遠方的樹，勾肩搭背地默默地行至前方；連天上的雲都不像按部就班的飄移，而是如同水龍頭底下，嘩啦啦流注的白色水花。

「我們簡直像流動的……是沒有實體的緣故嗎？」他們在起伏的小徑上走著，卻一丁點都沒感受到重力或磨擦力的阻礙——莎夏忍不住發問。

「是啊，是啊。一切人類的物理學在這兒，都不算什麼學問或定理囉。」遺言收錄師卸下工作後，心情似乎變得愉悅，整張臉舒緩又平坦；方才在現實世界沾染上的水氣，似乎全被好心情蒸發了。他哼起了不成調的曲。

「這也是為什麼人們看不見我們囉？」

「不不不，他們可以看見我們——不過是他們以為的我們。這兒喚作鳥之城，妳知道是什麼原因嗎？」

莎夏搖搖頭，一根帶著綠葉的樹枝從她頭頂拂過——似乎死亡的陰影仍在頭上盤旋。

「因為啊，」遺言收錄師放飛手裡的金尾鳥，牠像雲霧一般騰旋而上，最後與一朵飄盪的雲融為一片；一部份白色的雲被染上金色，而又很快地淡去。「如果妳有幸從外表看見這座城市，它就像一隻翻飛的大鳥：它的外牆長出羽毛，有一對能夠遨翔的翅膀；它七彩斑斕的雙翅會在人們頭頂上撲打；它美麗的羽毛偶爾會遺落在大街小巷裡——可惜人們大都無緣見著。它只是無聲地穿梭在這座城市裡，觀察著人類的生活，檢視著他們的一舉一動。」

「這是我們的偽裝。」金尾鳥的離去只留下一根羽毛，就像牠全身的精華都被濃縮了，凝聚成一根羽毛。

「羽毛？」

「沒錯。當妳進入鳥之城後，妳的實體就化為千千萬萬個小分子，與它融為一體。妳跟著它移動，隨著它呼吸，妳會成為供予它能量的一部份，如同城市裡所有的住民。」遺言收錄師吹了一口氣，於是羽毛飄離手掌，跳起一支單人舞。「我們能看見彼此，我們能觸碰彼此真實的樣子，但人類，只看見了我們的偽裝——一根不起眼的羽毛。至於鳥之城本體嘛——這就是有趣的地方了。」

遺言收錄師的臉皮太單薄了，撐不起他得意的笑，於是眼尾及嘴角都被勾起了一層層皺褶。「平常人是見不著鳥之城的。拼湊它全貌的唯一方法——就是收集到全世界的羽毛。懂了嗎？」

莎夏點點頭。「只是我還有一個問題。」

此時他們似乎來到了小徑的尾巴，一片林木生長地特別茂盛的地方。原本挺拔的樹在兩人走近時，整齊地如迴紋針般彎曲了樹幹，謙卑地鞠躬行禮；長得特突出的幾棵樹木則伸出了枝椏，搖扇般搧出了涼風。再來陸續出現了各色的鳥群，飛至他們頭頂盤旋；等到七色的鳥兒都到齊後，就像頭頂升起了一道聒噪、又毛茸茸的彩虹。

這些鳥兒好似都唱著同一首歌，只是因為沒人起頭吆喝，於是牠們都各唱各的，調不成調。

「好了，好了！」遺言收錄師舉起高禮帽，驅散這道彩虹。將帽子戴回頭頂時，一根藍羽毛被夾在帽子內裡，從前額頭露出，拂過他的高額頭——像突然長出的一撮寶藍色瀏海。

「我生來雙眼就瞎了……。」莎夏自顧自地陳述。「但為什麼在這兒，我又什麼都看得見了呢？」

「哈，我想這是個相對簡單的問題。」那群彩虹在短時間內並沒死心，又再次在頭頂聚集。「第一是妳已沒了實體，疾病的殘缺暫且就不算存在。第二是，人類眼睛本能見著的頻率，原本就是非常有限的。」

「倒有個我也沒法解答的問題是：為什麼妳能進來呢？並不是每個人類碰著了鑰匙後，都能被允許進入城內的啊。」

在他們談話間，眼前豁然出現了一片空地，空地中央立著一幢造型古怪的小木屋。相較其他色彩繽紛的生物，這棟建物的用色相對單調許多：漆成全白的磚牆，黛黑色的屋頂；而最鮮明的，是那根不成比例、又高又粗的灰色煙囪——就像一根專門給巨人使用的吸管，被插入小矮人餐盤裡的奶油蛋糕上。

遺言收錄師踏上前門的幾階石梯。「我家到了——進來坐吧。」

莎夏一走近，發現門上鑲嵌了好幾隻木頭刻成、小巧的彎嘴鳥。她數了數，一共七隻；牠們有序地像啄木鳥低頭，像正忙著啄食些什麼——即使事實上，牠們面前全都空空如也。

遺言收錄師順著她的視線看去，笑著開口：「沒錯，一共七隻。我是第七號遺言收錄師，也管著第七號轄區。」

莎夏每進入一個陌生的場地，都會習慣性地嗅聞此處的氣息；她認為一個地方的秘密會被氣味洩露，更包括了人們在此處生活的軌跡，及隱含的情感。一個地方若滿是食物香氣，對她而言，就像有滿滿的愛。

但這裡卻一點氣味也沒有——就像無人在此處生活——莎夏不免有些失望。遺言收錄師進門後瀟灑地大手一揮，頭頂的高禮帽、脖上的紅領結、氣派的燕尾服、高調的金皮鞋，都各自飛往該去的地方，燕尾服甚至翻出了衣架將自己掛起來。看著他輕鬆地赤腳移動，莎夏不禁納悶：是否該把鞋子脫下來？她只是低頭看了看自己的鞋尖——運動鞋就像感知了她的心思，自動鬆開了鞋帶，一步一步移動至鞋櫃前，與其他鞋子依偎在一起。

「孩子，坐啊。」遺言收錄師此時已移動至走廊的另一頭，遙遠卻熱情地招呼，一面忙著翻找些什麼；壁爐自發地升起了火，燃燒的木頭劈哩啪啦地歌唱。但是天氣根本不算寒冷啊——困惑的莎夏走近一探，發現爐火一點熱氣也沒有，單純只是個生動吵鬧的裝飾罷了。

她將自己安頓在一張鋪滿白色羽毛的扶手椅上，此時遺言收錄師抱著一本厚重的古書，由走廊那端走了回來。

如果這本精裝書聞起來有氣味，那應該像是博物館裡的猛瑪象標本，或圖書館角落裡，長久無人翻閱的辭典；從封面到封底處處散發古典韻味，像沉澱了百年以上的優美與悠久。莎夏看了看封面的題詞——她忘了她以往只能點字，於是根本無法讀懂這些方塊般的文字，究竟告訴她些什麼。她難為情地望著遺言收錄師——他讀出了她的無奈，答：「標題寫著：『人類遺言全集：七號轄區』。」然後他把這部磚頭在面前擺正，朗聲道：「2026年，3月6日！」書本立刻唰啦啦地開始動作，雪白的紙頁如同鳥兒撲打翅膀，翩飛至指定的頁面。

一支金羽毛筆由書櫃上跳下，一瓶半滿的墨水瓶跟在後頭。那本隨身小筆記又不知何時無聲無息地出現，遺言收錄師語調莊重地讀了出來：「3月6日，凌晨四時零三分。趙煦，女性。死亡原因：腦溢血。」他似乎正細細品味莎夏臉上那驚訝的表情，然後繼續開口。

「遺言：我恨你。」

羽毛筆輕盈地在紙上跳躍，舞出優美的字跡；墨水瓶則像一個卑微的僕人，亦步亦趨地在一旁跟著。遺言收錄師向她解釋：「這女士似乎很愛在三更半夜找老公吵架，幾乎是無夜不吵——沒想到，這竟是最後一次了。」跟在他描述話語的句點之後，似乎還留下一個很輕很輕、幾乎無人留意的嘆息。

莎夏似懂非懂地點點頭。除了幼稚園前她參加過外婆的葬禮外，她並不算真正經歷過死亡；死亡就像馬拉松的終點——而她還站在起點這端龜步行走——那是一種太過遙遠的存在了。更遑論，這些遺言都如此片片段段，像一塊湊不全的拼圖。

她陪著將這些遺言謄寫完。其中多數都是些難聽的話語，比如吵架時的：「我知道！你不過是個廢物！」「你到底能做好什麼事？」還有人們求救時，除了驚恐，不大具有深意的字句如「啊——！」「救命，救命啊！」這段時間聽下來，也許只有一兩次會出現些溫柔動人、或者滿是愛意的詞句，像：「我愛你。」「謝謝你啊。」

壁爐裡的火仍熱切而盡職的燃燒，自我奉獻的木柴看來一點都沒減少，也沒生出任何嗆鼻的白煙，少許木頭碎屑孤獨地散落於壁爐周邊；莎夏聽著這些人們生命或長或短的最後一段言語——就好像辛勤的螞蟻，撿拾著這些人生裡，被遺落的最終一點碎屑。

那句「你太讓我氣憤了！」替今天的工作畫下句點。最後一筆劃被勾起後，書將自己大力地闔上，金羽筆在窗檯外飛來往去，打算將自己晾乾；墨水瓶則擱上自己頭上的蓋子，不知鑽到哪兒去了。

遺言收錄師將身子重重往椅背一靠——那根形狀蜷曲的藍色羽毛，竟還藏在他的頭髮裡——它掠過光潔的額頭，被蒼白的臉龐襯得特別鮮明。

「孩子，妳幾歲啊？」

「我十二。」

「十二啊，真好。」遺言收錄師像對著遠方說話，目光迷茫。「妳知道我幾歲了嗎？都上千了啊——竟就這樣，漸漸習慣死亡的滋味了。」

「我就這樣看著人們——注視人們死亡前的那刻。這麼長久的時間以來，我多愛你們啊——但人類對語言及文字輕忽的程度，對說出口的話語不加以珍視——再再都讓人心傷啊。」

莎夏無言以對。

「妳知道讓我最印象深刻的遺言是什麼嗎，孩子？是某次有個寂寞的老人，在清冷的寒流早晨，餵養陪伴他的兩條狗。他蹲下，同毛茸茸的夥伴們說話；他學著牠們的話語：『汪汪！汪汪！』然後把骨頭擺到牠們面前，此刻卻突然心臟病發，一口氣沒過去，就這樣，死了。」

「他死去好久好久後，屍體才被發現。那甚至不是人類的語言哪。」

遺言收錄師看向她——哀傷的，沉痛的。莎夏多想告訴他：她好羨慕他的眼睛——它們彷彿有感情，有自己靈動的生命；好像蘊含了一個世界，卻又可以透過它們，再看穿一整個世界。可惜現在這種悲憫的氛圍，似乎不是太適恰說這件事的時機。

他們沉默了好一陣，似乎正在共同為這些逝去的人哀悼。直到牆上的鐘咕咕咕地響起——時針幻化成一隻金尾鳥，亢奮地衝出鐘面——才將莎夏喚回現實。

「糟了！現在幾點了？我都忘記時間了！」莎夏驚恐地望向壁鐘，時針不知何時又再度長了出來——才發現此刻仍未過九點鐘。

「咦？我不是在這兒，待了將近整個晚上？」

「妳忘了嗎？我們是沒有實體的；意思是我們就像能量，像光，依附於鳥之城裡，在人類世界遷徙。而一接近光速，時間就會行走得十分緩慢。」遺言收錄師一派輕鬆地解釋。「但也沒錯，妳今天待得夠久了——讓妳回家吧。」

「我……。」莎夏聽見後反倒有些猶豫，說起話來吞吞吐吐，像字詞也捨不得離開她的嘴巴。

「我還有機會，能再來拜訪嗎？」

莎夏沒有明說的是關於「恐懼」——關於回家的恐懼，關於單獨再次面對黑暗的恐懼。進入鳥之城後，她手上的導盲杖自動消失了，好像這城市聰明地領略到，她目前並不需要。她也對看見一種又一種的色彩感到留戀，更重要的是——視力帶給她更全面的自由，以往從未有過的、來去自如的自由。她貪婪地不願離開，希望能將自由握在掌心裡，再更長久一些。

「應該可以吧？」遺言收錄師側著頭，又像是在自由自語。「只要妳身上那不知為何存在的要件，能持續獲得滿足。」

「身上的要件？是什麼？」

「可惜的是——我也不清楚。」他看莎夏一臉擔憂，像所有烏雲都爬至了她的臉上，於是溫柔地安撫：「孩子，沒關係的。下次見面，我們會想辦法弄明白的。」

遺言收錄師彈了一下指頭，一隻金尾鳥從窗口飛了進來，像一直等在那兒；牠棲上他的前臂，卻讓遺言收錄師看來像個雜耍的小丑。

「要記得啊——金尾鳥是進入的關鍵，但重點不是牠醒目的尾巴——而是牠小小的鳥喙。」

莎夏用力點頭——鳥喙，鳥喙，鳥喙。

「我明天恰好休假，如果妳想的話——早些過來吧。」原本莎夏以為，遺言收錄師是個內心藏有太多憂愁的人，但在與莎夏作伴的這段時間裡，他似乎開朗了許多——像害羞的日頭躲在雲層後，最終願意探出臉來。

「我明天半天課，可以午後就過來。」

遺言收錄師不再說話，只是淺淺地笑，然後移步至壁爐旁。

「來吧，通過這根煙囪——它會還回妳的實體。」

壁爐裡的火一點熄滅的徵象也無，莎夏忍不住卻步；遺言收錄師於是將手擺至火焰上，火花瘋狂啃噬那隻揮舞的手，然後他將手掌攤開在她面前，卻是毫髮無傷。

「明白了嗎？都是假象啊。」

於是莎夏放心地將一隻腳跨入，果然一點燒灼感也沒有——她回頭告別：「走囉。」

「嗯，明兒見。」當她另隻腿併入壁爐裡時，遺言收錄師的臉也立刻消失在她眼前。她像一股翻騰的蒸氣般，一股腦地往上衝，周遭洪水般的光流也慢慢地減弱。

回過神後她感受腳踩在地上的厚實，因緊張而奔流的手汗，手中小鳥的羽毛被體溫烘得暖呼呼地。

最重要的——她眼前又再度陷入了一片漆黑。

「你好啊，黑暗先生。」

她伸手向前探了探，試著弄清楚自己身在何處；此時有人將手放上了她的左肩，「妹妹。」是位嗓音沙啞的婦人，「這拐杖妳的嗎？掉在腳邊了。」除了親切的聲調以外，對方身上瀰漫著濃烈的洋蔥氣味，夾雜一股廚房油煙的黏膩——是個母親吧？她的嗅覺又回來了；又再次回到了熟悉不過的生活。

「是的，謝謝妳啊。」莎夏接回她的手杖——她又再次走在黑夜裡，踏在黑夜之上，向著黑夜邁去。

黑暗靜靜的，莎夏也靜靜的，像它把她擁入懷裡，融為了一體。她躺在床上聽著金尾鳥悉悉窣窣地在籠裡移動，想像牠的長尾巴在暗夜裡閃閃發亮，為暗夜的寂靜鑲上金邊。她對今天的旅程感受複雜——一種面對驚人奇蹟的喜悅，一種得到意外之禮的興奮。這一切能持久嗎？還是得將它視為一場虛幻的美夢？

莎夏並沒有變得痛恨黑恨，也沒有對黑暗感到鄙夷，她只是有些不習慣；就像一個人和富家子弟交上朋友後，有時總會為了自己與周遭人的窮酸，感到羞愧。這羞愧往往沒有原因，也找不著解決方法；只是容易讓人反覆質疑自己，質疑自己的出身或本質。

莎夏對著暗夜說話，說她沒有厭煩它——她只是得要一個人想一想，靜一靜，思考一些事情。

她其實並沒有思索太久，她也不知道黑夜會不會落淚；因為她很快就喜孜孜地睡著了，夢裡滿滿地塗滿了色彩。

第二天課堂上莎夏根本無法專心，在座位上扭來動去，像屁股眼長了蟯蟲。老師最後終於忍不住發問：「莎夏，真正的妳哪兒去了？」

她只是不好意思地笑了笑，蟯蟲卻仍像是在她身上爬，撓啊撓。下課鐘聲一響，莎夏就一溜煙地不見了人影，像一隻沒人能逮獲她的金尾鳥。

莎夏再次降落於昨日初遇的小徑。她按囑咐放飛鳥兒，牠像暴雨裡一閃而過的雷電，一眨眼就消失在莎夏重獲的視線裡。她站立原地等待——一面欣賞樹上的葉子如大遷徙般，由前一棵搬移往後一棵。

遺言收錄師被一大群花團錦簇的鳥兒簇擁而來，宛若尊貴的國王。有幾隻彩色的鳥兒乖巧地停在兩側肩膀上，像隨處長出的花朵；有幾隻則頑皮地藏在高禮帽的緞帶間，像藤蔓中生出的瓜果。

他看來神清氣爽，一掃昨日太多死亡的陰霾。「嗨，孩子。」當他單手一揮，身邊大群的鳥兒就像彩色氣球，高飄入空。

莎夏挽上他的手，肩並肩漫步。「鳥之城人數最多的職業啊，就是遺言收錄師了；隨著人口膨脹、年齡組成高齡化，這職業的需求只會增多，不會減少。」

「這樣工作量不會超過負荷嗎？」莎夏離就業仍過於遙遠，不能領會那是何種情景。「我們有編碼，有分區；如果哪個區域老年人數增加太快了，就會讓負責人的轄區範圍，再縮小一些。」

「倒是像另一種職業啊——寶寶學語收錄師，則是隨著生育率的下降，變得越來越清閒了。」

不知不覺中，莎夏眼前出現了道高柵欄，柵欄後是綿延的小山坡；他們沿著柵欄外圍走，抵達大門時，她被上方花俏的招牌嚇了一大跳。招牌上的三個字幾乎難以分辨，因為不停有小動物

——如短腿的臘腸狗、表情無辜的摺耳貓、圓臉的天竺鼠——在筆劃間穿梭跳躍，於是原先正經八百的字，幾乎被各色花毛所淹沒。

「另一個成長快速的職業呢，就是寵物紀錄師啦——他們負責紀錄、畜養所有被人類愛過，最後被拋棄、或者死亡的寵物們。」遺言收錄師輕快地說。

「那三個字寫著：『寵物園』。」

莎夏看著這國家公園一般的地方，不知佔地有多廣？只見遠處一個小山頭之後，又有另一座山頭，像見不著終點。遠方看來像個頓號的小小梗犬，見著觀望的他們，竟以衝刺表達牠的熱情，全速地向他們奔來；接近時牠奮力躍起，打算跳入莎夏的懷裡——她因擔心牠將一頭撞上柵欄，而放聲尖叫——但梗犬卻在離柵欄仍有幾公尺之處，憑空消失了。

「那兒呢。」遺言收錄師從容地指指右手邊，距離他們大約幾步之遙的梗犬，正困惑地原地打轉，彷彿方才被柵欄吞下肚，又吐了出來。「別忘了——牠們也是沒有實體的，柵欄會將牠們圈在同一塊範圍裡。」

「妳倒是看看這佔地的遼闊啊——寵物數目真是以驚人的速度成長——曾幾何時，牠們也成為人類的家人，像是不可或缺的、日常的延伸了。」

「可不是嗎？」

接話的不是莎夏，而是另個有著破鑼嗓子的男人，風風火火地自另一頭走近。「你來啦。」遺言收錄師脫下高禮帽，謹慎地鞠了個躬，然後轉向莎夏：「孩子，讓我為妳介紹——這是寵物紀錄師四十三。四十三，這是莎夏——新來訪的人類小女孩。」

眼前這位鬍鬚虬髯的龐然大物不像人，反倒像隻熊：他有張饅頭般的大圓臉，斑雜的膚色及其上生長的黑痣，讓人聯想到雜糧饅頭上的堅果顆粒。下巴及兩腮上的鬍子如同鋼針般間次地扎著，而沿著嘴邊生長的鬍鬚則黑乎乎的，遠看像貼著一圈黑絲絨，或童話裡出現的魔法黑森林。他的身材壯碩魁梧，衣著像來自冰天雪地的北境，有著能抵禦一切的溫暖厚實。他同樣有禮地脫下那頂愛斯基摩人戴的帽子，恭謹地回了個禮。

「妳好啊，小女孩。」寵物紀錄師衝著她眨眨眼。

「希望妳喜歡鳥之城啊。」

莎夏還未來得及開口，遺言收錄師就先接話了。「要我帶回樹之城的書呢？」當他們的話語在空氣中滾動時，動物開始在寵物紀錄師身後聚集：兔子、小鼠、花貓、以及黃狗，一隻隻看來都毛皮光潔而身材豐潤，像得到充分地照料。寵物紀錄師舉起毛茸茸的右手比出手勢，動物們幾乎同時席地而坐，乖巧地等在原地。

「等等，等等。在這兒呢。」他腰間掛了一個毛皮製的大腰包，從中掏出幾本書來；一些看來像是飼料的顆粒，自書封脫落。

「麻煩你了，謝啦！」

遺言收錄師將書接過手，皺著眉抖落上頭的碎屑。「我說你啊，下次要保持清潔——圖書閱讀師又要一直碎念了。」

「好啦好啦！」對方擺擺手，低頭對莎夏一笑。「一路順風啊。」寵物紀錄師轉身先走了好一陣，動物們才起身跟在後頭，一齊往小山另頭而去。

這兒原來並非他們的目的地，遺言收錄師悠悠地邁開步伐。「走吧，我們要去另一個地方。」他眼尾旁笑開來的細紋，如一尾在水裡悠遊的魚。

「去見我最好的朋友。」

●綠色：圖書閱讀師

他們飄浮在空中時，鳥之城斑斕多彩的尾巴恰恰掠過街角，眨眼又消失在莎夏的視線之外。那路口人潮洶湧，人們卻表情遲滯，一無所知。

「妳知道嗎？人類雙眼無法見著的——不只鳥之城。」

遺言收錄師帶著她持續爬升，直至高過所有建物的高度。他指向郊區山丘上一棵巨大參天的樹，像一隻綠色的粗手指，探入淺藍色的天空裡攪拌，飄浮的白雲如咖啡上即將消散的泡沫。小山看來光禿禿地，莎夏曾聽媽媽說過，山頂的樹早在十幾年前全被砍光了；奇怪的是，這些年再怎麼植樹，沒有一樣植栽能被順利種活。

「哈！妳知道我最愛樹之城哪一點嗎？在於它總待在那兒，不用費神尋找什麼四處遊蕩的金尾鳥。」樹之城也是沒有實體的——一架飛機恰好無礙地自樹蔭間穿過，那些向天高長的圓碩樹葉，卻依舊是一動不動。他們最後降落在山的底部，裸露的山頂不單是因為種不上樹，而是樹之城像神木般盤根錯雜的根，幾乎攀附於整個山丘之上。莎夏抬頭望向天空，一層疊一層的綠葉競相向上生長，像頭頂鋪了一疊又一疊綠意盎然的屋瓦。

遺言收錄師像隻找洞挖的土撥鼠，猛繞著樹幹打轉；在那些巨大的樹根旁，錯落地長了些稀疏的雜草。

「找著了！每次找金葉瓣，也真是一趟刺激的過程。」

莎夏順著他指頭撥開的地方看去——在間雜的雜草間，突兀地生著一株葉肉肥厚的四葉幸運草；其中兩瓣綠葉鑲著金邊，就像白鶴立在雞群中，顯得特別顯眼。

「入口嗎？」

「是的，也是另一種金鑰匙。」遺言收錄師有些興奮。「等等我跟在後頭——妳得同時捏住兩片鑲金邊的葉子——兩片哦，不能多，也不可少。」

莎夏點點頭，她顫抖的手指正訴說它們的緊張。她將兩瓣綠葉捏在一起——如搏起一雙蝴蝶的翅膀，或使用筷子在飯桌上夾菜。這次將她淹沒的不是光流——而像是被龍捲風捲起的葉子，在耳朵旁呼呼呼地吹。

遺言收錄師並沒讓她等太久，她落地後，差不多就跟著到了。神木的內在遠比外表現代化，視野也比想像中開闊——樹幹幾乎呈現空心狀，正中央好幾條藤蔓植物，由看不見頂的上端垂吊而下。光線倒是不如外頭充足——因為日光被隔絕於外，於是太陽像是一塊被切開的蛋糕——裂解為成千上百隻螢火蟲，在樹幹裡四處翻湧。牆壁及地板上的木紋看起來天然，卻又似乎不完全是——因為當莎夏踩在光滑的木板上時，低頭見著一張老人臉孔般的花紋；再一側頭，又看見老人鼻下的花紋，成了一束被綑綁一起的花束。

「我真是太愛樹之城了啊！」遺言收錄師將兩根手指含入口中，吹出一聲尖銳的口哨，一整群螢火蟲像流星劃過天際，蜂擁地聚攏過來，在他倆頭上滾成一顆大球，像旭日在頭頂昇起。

「嗯，我想二十隻就夠了，謝謝你們。」遺言收錄師誇張地行了個屈膝禮，於是其餘的螢火蟲趕忙散開，回歸成浩瀚星塵裡的一份子。

「走吧，我們的目的地是樹頂。」他帶領她走向樹幹的正中心，莎夏看著那些彎曲的藤蔓上上下下，像貨運電梯一般，忙著運輸些什麼。

一根粗壯的藤蔓「啪！」地一聲掉落地板，遺言收錄師伸長了手——有個拖著好大個麻布袋的玩具錫兵，竟也恰在同個時間，攫住了那條藤蔓。

「啊，不好意思！」錫兵一臉歉然，先鬆了手。

玩具錫兵戴了頂高長的大紅色軍帽，鮮紅的軍服縫了兩排金釦子，搭上寶藍色的緊身長褲，腳上踏了雙及膝的深綠色軍靴。他的臉長成個圓潤的梯形，眉毛是下垂的八字眉，眼睛小如一顆發育不良的黑豆，或者一隻蟄伏的螞蟻。嘴上精心蓄著八字鬍，鬍鬚尾端像打勾般上翹——他的表情嚴肅，裝扮精緻，五官卻惹人發噱。

「不，您先請吧！」遺言收錄師自發地向後退開，「我明白您有工作得做。」玩具錫兵感激地頷首，那根有幸被爭奪的莖幹像一直偷聽著談話──立馬捲出了貨架，讓小錫兵能夠放置他的麻布袋；另外再捲出附有安全帶的座位，讓小錫兵安坐。錫兵開心地揮舞他的軍帽，而藤蔓咻地一聲向上飛騰，消失在他們的視線之外。

「知道那是誰嗎？是玩具修復師啊，他會撿拾孩子們長大後丟棄、或因毀損而被拋下的玩具；修復後的玩具會像寵物園裡的寵物一樣，擁有屬於自己的生命──並活在專門準備的童趣城堡裡。」遺言收錄師一面抬頭張望，一面向莎夏解釋。「多美好的職業啊，妳不認為嗎？」所有藤蔓似乎都被佔用了──莎夏才一這麼想著，一根藤蔓就穩穩落在她跟前，她伸手揪住。

「我羨慕他們──能保留所有人類的純真。」

藤蔓像折汽球般，自動搭出了一個單人座位。

「不不不親愛的，位子要一對。」遺言收錄師輕輕拍打這株正忙著翻弄自己的植物，它立刻機靈地轉成一套相連的雙人座。「再加個靠背及扶手好嗎？這樣我們的小女孩，能坐得舒適一些。」

藤蔓從善如流，而莎夏才一坐上去，它立刻自動調整座位大小，繫上安全帶，不緊不鬆。

「你的職業也很不錯啊。」莎夏被安頓好後，開口接續話題，「就好像……你能夠將人們面對死亡前的最後一刻，忠實地紀錄下來。」

「啊，是啊，或許吧。人們面對死亡那刻的語言——大概也洩露了這個人的本質吧；若是每個人的生命最終都被概括成一句話——最後那幾個結尾的文字，大致也會藏有許多深刻的意義吧。」他拍拍腰上的安全帶，轉頭對尾隨的螢火蟲說：「跟上哦——目的地是今年那層。」遺言收錄師句子的尾巴尚未落地，藤蔓就像雲霄飛車一般，快速地將他們往上拉。高空中四散的螢火蟲一盞一盞一盞地向他們周身撲來，又流火似地閃到身後，串成一條亮橘色的鏈子。當流動的空氣咻咻地自耳邊吹過，兩旁的木牆急速地向下飛逝——莎夏還是忍不住會想：也許在她平淡一生中，在她長久被禁閉的暗房裡，刺激的事都在這幾天被她經歷完了；往後她會不會，不知該如何去期待人生？

2026年那層幾近樹頂。樹頂從內部觀來，像個無窮無盡的渦漩：那些綠色旋轉的線條，一個追趕著另一個，瘋狂地向中間湧入。叢生的藤蔓自中央伸出，匯集成一道向下噴發的瀑布。除了寫有「2026年」的那個洞口外，旁邊另有幾個黑坑或深或淺，散落在不遠處。他們起身後，藤蔓就像蛇一樣，立刻從屁股底下溜走。

遺言收錄師大步邁在前頭，走過了頭頂那幾個正在跳舞的「2026」——數字們兩兩成雙，二搭上二，五牽起了零——然後走進了一個長長的隧道。說是隧道，倒不如說是個長形的書櫃；在他們經過之時，兩旁陳列的書，一本一本接序亮起了書背——如同以無聲的顏色演奏，如同是以視覺吵雜的琴鍵。莎夏回頭一望——發亮的跟屁蟲們，早已沒跟在後頭了。

書本隧道莫名地長。在接近尾聲時，所有書背像是密謀般，一齊熄了燈——沉默的不只視野，還有隧道中倏忽屏息的兩人——但幾秒鐘過後，書本又串通似地整排被點亮，煇然炫目。

「哈哈哈！」相較於莎夏的惶恐，遺言收錄師顯得情緒高昂；他先一步踏出隧道，然後中氣十足地笑著：「這歡迎的方式依舊如此特別！就像是聖誕樹上的變形版燈飾！你就是這樣愛過節啊。」

莎夏趕忙跟在後頭，看看他是跟誰說話——房間中央擺了張巨大的木頭桌子，花色幾乎與房間融為一體；桌子後頭坐了位身材如巨人一般雄壯，臉龐卻特別蒼老的老人。他的身軀幾乎能把整個房間填滿，像烤箱裡盡力發酵的麵團；臉上千層餅似地長滿了有粗有細的皺紋，稀疏的白鬍收攏在下巴，被一條紅色的小蝴蝶結挽在了一塊。他身上穿著件銀色斜襟的連帽斗篷，帽子鬆垮垮地落在背後，像開了一口鬆鬆垮垮的大口。老人面前左右疊著許多書，正中央還攤著一本；他挨字挨句地念著，臉上懸掛的眼鏡，幾乎垂到了鼻樑下。扭曲的鼻子像一個營養過於良好的胡蘿蔔，穿出他的臉，等著識貨的兔子前來收穫。

「還以為是誰呢，原來是我老友啊。」老人將鼻子自書頁裡抽出來，顫顫巍巍地駝著背，站起身來。

「莎夏，讓我為妳介紹——這位德高望重的老頭，從事樹之城裡最值得尊敬的職業——圖書閱讀師。老頭，這是莎夏。」

老人動作了許久，卻根本沒離開書桌太遠——於是遺言收錄師同莎夏使了使眼色，換他們走近一些。

「呵呵呵，你遺言收錄師不也是鳥之城中，最值得尊敬的行業嗎？」老人四下張望。「我那小鬼呢……？」

「在這兒！」一個淘氣的聲音自那幾道層層疊疊、山峰般綿延不絕的書櫃後頭，傳到他們耳裡，但莎夏卻找不著他本尊在哪。這是一個形如雞蛋的橢圓挑高房間，書櫃像擺在圖書館裡頭，規矩地排列著；而每一個擺滿書本的書櫃，都高聳直達天花板，讓可見的視野縮小許多。在一陣錯雜紛亂的腳步聲後，他們才見著一個小小的人影竄出。

那是一個綠到發光的小人兒。小臉蛋，尖下巴，放在面孔上不符比例的大眼睛，中間有兩顆翡翠在閃耀；頭上不是生著頭髮，而是長著樹枝，一根粗大的枝枒向後延伸又分岔，最後在末稍，黏附幾片鮮嫩的新芽。兩根紅辣椒突出地掛在耳垂上，一朵巨大的紫牽牛花由左腰延伸至右胸，成為單肩披掛的衣裳。巨大的芭蕉葉覆蓋於他的上臂，像衣服的袖子往後展開；但某個角度看來，卻又像是展翼的翅膀。腰上還圍著大片又黃又綠的闊木葉，夾雜著玉米鬚般雜生的碎毛。小人兒腿很短，赤著腳，腳尖看不見腳趾頭，而是像蕨類的幼葉般，捲旋成一個正在發問的問號，一個正在奔跑的蝸牛殼。

小人手裡端著一個茶杯，搭搭搭地向老人奔來。「您的露水。」他將杯子放入老人手裡後，向訪客行了個禮。「您好，我是與圖書閱讀師配對的佳言收錄者。」他雙瞳的顏色並不是固定的——而像是眼窩被一個街口偷來的霓虹燈塞滿——眼底自動地抽換著色彩。

莎夏臉上的茫然必然藏得不夠深——因為老人一口氣喝完杯裡的水，而後轉頭對遺言收錄師說：「你該先向小丫頭解釋一下啊？那，要還的書先放下吧。」老人一面指揮桌上攤放的亂七八糟的書本，讓它們自動騰出新的空位，一面不住地對著從封面落下的碎屑叨念：「這養狗的每次都跟狗一樣，把我的書搞得這麼髒……。」

遺言收錄師望著莎夏，說：「圖書閱讀師是非常了不起的人——他們會讀遍人類每一年出版的書籍，一邊讀，一邊讓佳言收錄者抄寫裡頭的佳言美句，或任何值得深省的段落。妳知道，最了不起的地方在哪裡嗎？」

遺言收錄師摘下頭上的高禮帽，恭敬地朝老人行了個禮。「他們將年復一年人類寫出的書，都記在了腦袋裡——如此經年累月地累積字句和知識，就構成了一部人類的思想史啊。」

老人聽了後呵呵地笑著。

「我這老頭除了讀書外，也什麼事都不想做啊。」

「您各種語言的書，都能讀嗎？」莎夏知道人類有不同的文字與語系，但從小到大，她畢竟是學習盲人的點字——即使是在這短暫的、夢幻般的世界，她也依然讀不懂正常人的文字——就好像被排擠一般，被排擠在某些知識以外。她竟隱隱覺得心酸。

「哦，不。」老人撫著鬍子上打結的那個蝴蝶結，「樹之城雖然相較於其他奇幻之城，數目少了許多——我們還是有分轄區及語系的。人類一年出版的大書小書其實不能算少——雖然不知多少人會去讀就是了。我倒是一直以來很想換去斯拉夫語區呢——不過不知我這身老骨頭，能否適應那邊的氣候呢？呵呵呵，所以還是算了。」

圖書閱讀師和遺言收錄師兩人的共通點似乎是：只要有人起了頭，話語就像破了閘門的水庫，滔滔不絕地流洩出來。

「對了，你們來嚐嚐我新發現的好物——清晨收集的露水吧？來啊小鬼，再拿著水龍頭去牆邊收集，好招待他們一人一杯。」

莎夏注意到遺言收錄師迅速翻了個白眼，又敏捷地回復成笑容滿面。佳言收錄者依言蹲在桌旁摸索，取出了個銅製水龍頭、一個木製托盤及兩個瓷杯；若是將他們兩人擺在一起，倒有些像霸氣的主人，與他的跟班小寵物。

「我們……不吃不喝就能過活啊？」遺言收錄師語氣裡透著詫異，但表情頗不當一回事。「唉呀，這你有所不知了，這可是北歐區的圖書閱讀師，上次聚會時迫不及待與我們分享的耶。他每日清晨，都會觀察城外風光好幾個人類小時——真不知為什麼他能這麼閒？那邊的人難道都不愛寫書嗎？怎麼可能！」老人一邊叨叨絮絮，一邊看向莎夏。「小丫頭妳知道嗎？作家不過就是一大群愛碎嘴的中年人或老嫗——只是他們用字遣詞，能夠比較文雅罷了。」

莎夏不知該不該笑，圖書閱讀師也絲毫沒有住嘴的跡象。「反正呢，就是他發現：我們樹之城就像真正的樹木一樣，隨著年歲越生越高——這也是沒辦法的，否則人們像老鼠一般繁殖的書，要收藏在哪兒呢？所以樹之城會越來越容易碰觸到高空的水氣——它們清淨、純潔、不受汙染，當露水順著樹之城的脈絡流過，然後再被收集起來……唉呀，聽我解釋這麼多，倒不如直接視為老糊塗們的偏方吧！呵呵呵，反正也只是拿水龍頭往牆上戳一下罷了——能會有什麼損失！」

說著說著，佳言收錄者就捧著托盤回來了。他取了一杯，遞給莎夏。莎夏在仰頭喝下以前，想起水面應該能反映倒影——待在這奇幻的城市裡，三不五時總是讓她遺忘：實際上她是個瞎子。從小她就企望能看看自己的臉——一生中，她還不曾離這種耆望如此靠近——這次她的願望，能獲得滿足嗎？興奮、驚慌、期待、害怕，全都在莎夏心底被攪拌一起，而後揚揚地沸騰。

莎夏顫顫驚驚地望入杯裡。

卻什麼也看不見。除了杯底那道毛蟲般的裂痕，在水光的搖曳下，像扭動著它肥碩的身軀。她只是愣在當下，而一旁的遺言收錄師，正豪氣地一飲而盡。

「小丫頭，怎麼了？」先注意到反常的是老人。「很好喝的，不要怕。」

「我……我看不見我的臉。」莎夏勉強抓緊杯子，用空出的那隻手撫上臉頰。「我一直想看看自己的臉。但我現在在這兒，即使能看見世上所有其他的東西——甚至一般人都無緣見得的——我卻還是，看不見自己的臉。」

「因為在這兒，妳沒有實體。」在場有人——不知是誰——接了這句話。

莎夏嘴唇繼續顫顫地抖著，嘴巴卻再扯不出字來；右頰上覺得有些麻癢，就拿手去抓。她發現那是一顆淚珠。現實中眼淚帶來的觸感總是冰涼，卻又滾燙；但在此時，她的觸感也像被剝奪了——於是眼淚只是穿過她的手指，無聲無息地墜落。這似乎又加深了她的困境，給她的不安一次爆發的藉口；在她對自身的不存在感上，鋪上了一層厚厚的火山灰。她一直認為自己活得像個幽靈——飄渺的，虛無的，沒有太多人會瞧見的，隱沒於黑夜中的幽靈；而即使現在，她得以短暫行走於陽光下——她卻依然像是個鬼魂，看不見自己的臉。

遺言收錄師在老人耳旁低語一陣，老人點點頭，以一種歷史邁過城市，十分緩慢的步調，走至她身旁。他長得太高了，像一棵神木裡又長出一棵神木。於是他只能以一種幾近靜止的速度彎腰，伸出指頭，像要夾住她的淚滴；但淚水的意義雖然長久，存在卻過於短暫——他托不住眼淚，於是只能撫上她的臉龐。

「妳知道嗎？小丫頭。」他像對一隻脆弱的小貓說話。「能瞧見，從來也沒什麼了不起的。這麼多人類都能看見——但他們都看進心底了嗎？」老人表情嚴肅，目光卻柔和；由那對瞳仁中流淌出的情感，將莎夏全身上下都舔過了一遍，也像是要舔去她的悲傷。

「鼻涕抹掉，我們給妳畫一張吧。別小看佳言收錄者，他可是有驚人的素描功力呢。」佳言收錄者早已悄悄地站至她身旁，嬌小的像一棵長在樹蔭裡的雜草，毫不起眼——他右手的五根手指安靜地融為一體，成為一支細長的畫筆。

「來吧，妳坐。人類的拍照能完美地捕捉瞬間——但要我來說，只有繪畫，才可以真正留下永恆。」老人壓了壓她的肩膀，一把原木高腳椅由地板長了出來，高度恰恰在她屁股之下。莎夏順服地坐了上去，佳言收錄者面前也憑空生出一個三腳畫架——矮小的，配合他的高度。

「忍耐一下，別動啊。」佳言收錄者難得開口，滾出的聲音又尖又細，像能修補破洞的縫衣針。他瞇起一隻眼，以畫筆手當成測量標的；其他兩人待在書桌旁注視，一面小聲地交談。

當模特兒原本是件漫長之事，但在這兒卻不是。莎夏覺得哀傷都尚未收拾完，有幾顆淚珠仍落在眼眶外頭——但佳言收錄者卻將畫架轉向她，她的畫像，完成了。

原本只由黑白輪廓構成的這幅畫，在莎夏的注視下，各種顏色慢慢在畫布上渲染開來：兩條黑色的辮子自頭頂紮至她的肩膀，偏蒼白的膚色由額頭一路往下，塗過了她的鼻子、雙頰、下巴。她的鼻子高聳，耳朵像招著風；胭脂色嘴巴不大，顴部粉嫩得像能掐出水來。畫面精細地點出了左唇下邊，長著顆藍黑色的痣。看到這兒，莎夏忍不住摸了摸下巴，好確認痣生長的位置。

著色繼續往下，往下，像色彩正被重力無聲地引導：莎夏有個長脖子，窄肩膀，上身穿了件珊瑚紅的T袖，衣服上畫隻卡通貓，正追逐著老鼠；那隻貓奸詐地笑，而老鼠跑到只剩條尾巴。她下身褪色又刷白的牛仔褲，適切地襯出了她細瘦的鳥仔腳。

連她的手指甲與涼鞋都被塗上顏色之後，最後才輪到她的眼睛——一種像午夜藍，又像墨黑色，卻隱隱帶著光亮的色彩——先滾過她的左眼，而後是她的右眼。一個生動而完整的莎夏，就這樣從紙面上蹦了出來。她看著自己的雙眼：一雙瞳仁溼漉漉地，像沉沉的水潭；也許是屋裡光照的緣故，眼裡忽地顯示出內斂，或者變幻成澄澈；光明和陰影似乎在同個地方，自在地玩著捉迷藏。兩個眼眶形狀圓滾滾地，像路上滾動的橡木果實；微微上翹的長睫毛，正撲朔迷離地上下跳動。

即使明白這對眼睛沒有功能，徒有其表，莎夏還是在心底暗自讚嘆——她竟然這樣喜愛它們的樣子，她竟然這樣喜愛見著它們。

眾人在不聲不響之間，都聚到了她的身後。遺言收錄師雙手搭上她的肩——她回頭看向他，淺淺一笑；他加重了些手頭的力道，也跟著回笑。

「小丫頭啊，妳明白人類對『美麗』的定義嗎？妳還蠻符合的——但還是要多些笑容啊。」說這話的是老人。但莎夏其實並不在乎「美麗」是如何被瞧見的；美麗對她而言，不過是種生活經驗。她今天明白了自己的模樣，看見自己在別人的眼中，是如何被看見的——這種體驗對她而言，就是一種難以言喻的美麗。

佳言摘錄者將捲好的畫放入她手中，她忍不住開心地大笑了起來。

他們告別樹之城時，莎夏被她的新朋友們擁著，良久良久。佳言摘錄者被她的長辮子搔癢，打了好大的一個噴涕；圖書閱讀師環抱住她的時候，在耳邊呢喃了好一陣，她牢牢地收在了心底。

莎夏與遺言收錄師一齊返回他的小木屋。今天也是趟漫長的旅程——該是她回返現實的時候了。

「莎夏，我趁機與圖書閱讀師討論過了……，可惜就連博學的他，都無法確知妳能夠進入奇幻之城的條件，究竟是什麼。」遺言收錄師臉上陰暗光亮夾雜，像是日照爬梳不過面孔的連綿起伏，落下，凝聚成了擔憂。

「妳最近有過什麼大事件，或者事故嗎？」

「嗯……，」莎夏埋頭苦思，但也許今天的旅程，已被織成像裹腳布一般的長度，讓她的腦袋覺得昏沉。「也沒有啊，生活一直都很平靜。」

「好吧。」遺言收錄師嘆了口氣——投射在臉上的光影跑掉了，就像連憂慮都被驅走一般。他召來一隻金尾鳥。

「希望妳能持續無礙地拜訪我們。圖書閱讀師很喜歡妳呢——雖然妳可能看不太出來。」遺言收錄師笑著說，又連忙補了句：「當然，這也要妳願意。」

「我願意！我很喜歡這兒，也很喜歡你們！」莎夏沒預料到熱情能放大音量，並誇張了話語的份量——於是這句話從唇邊滾出來時，聽來就像是春天遠方的雷擊，轟隆轟隆，驚天震地的響。

莎夏為自己的話感到害臊，但遺言收錄師卻突然趨前，緊緊抱住她。莎夏臉上昇起一陣又一陣悶悶騰騰的紅，但她也只是任由他抱著。她用嗅覺探尋他身上的味道——但可惜，她的鼻子依舊一無所獲；就像在一桌滿漢全席前，聞到的卻只有一片空白。

在往後的日子裡，莎夏只能靠想像回憶起這一幕，隱約有些後悔；也許他們太快放開彼此了，也許她該讓擁抱持久一些的。但誰能知道呢？誰又會知道呢？就像她從遺言收錄師身上領略到的——人們的生命、死亡、意外、日常，全部都充滿了無常。於是這大概也是為什麼，遺言收錄師的工作如此有價值——他忠實地替人們守候，並收錄了所有、從來不會被以為是遺言的遺言，像在白米堆中，默默地淘出暗藏的珍珠。

遺言收錄師最後緊緊握住她的手，而現在她攤開手心——卻什麼也沒留下。

人生啊。

當晚莎夏在漆黑中返家，立刻朝媽媽奔去——「妳看！是我的畫像！」莎夏側背了個硬紙板裁成的捲筒，將畫像收在裡頭。

不論是因為莎夏的過於樂陶陶，或暈乎乎——她都沒注意到媽媽反常的、拖得過於冗長的沉默；她還沉醉在她的旅程中。

「莎夏啊，妳帶著的……不是什麼畫呢，而只是一大片鑲著金邊的葉子。」

莎夏大吃一驚，她一面抓住金尾鳥，一面急著以手背去碰觸。那粗糙的、鋸齒狀的邊緣，那明顯縮小的尺寸——她用不著全摸透，就都明白了，這根本不是原先那幅畫。

喜悅與昂揚的情緒浪頭退下去，失望及困惑的大浪拍打上來。貼心的媽媽也沒多問，只是尾隨她，拎著葉子，一起走回她的房間。

「莎夏啊，」媽媽的聲音從右手邊傳來；莎夏在短暫地擁有之後，又長久地失去了視力——竟突然有些不習慣這黝黑的世界。

「記得我們明天得去找進藤醫師，接受治療哦。」

即使當時她的心頭曾揚起一陣不好的預感，但那也不過像拂過的秋風，沒在心裡落下任何痕跡。當時的她，有太多東西讓她感覺失落了，有太多事物需要重新適應了——於是這件看似不小的小事，就不過被壓在最後頭，被掃入了角落。

這次進藤醫師的治療使莎夏吐了整整兩天，也躺了整整兩天。等到她再度精神到被允許單獨出門，已是一個星期後的事了。

這一星期裡，她的焦躁瘋狂地累積，像屋簷底下收集雨水的破爛罐子。雨滴滴落的速度十分規律，但一落至莎夏的心底——就在心上灼出一個又一個的破洞，燒出一排又一排的轉折。於是雨水的滴滴答答聲最終落在心頭，敲打就變得不十分規律，像一個失準、卻又堅持盡責的節拍器。最終等到她能夠出門的那天——她捧著金尾鳥衝出門去，像屁股後頭有火在燒。在空地上，莎夏的手指頭久久停留在鳥喙上，久到樂團可以演奏完一部交響曲，久到她感覺背上，滿滿背負著都是路人的目光。越來越多的目光爬上她的背，坐上她的肩，壓得她喘不過氣來——卻依舊什麼都沒發生，沒有光流，沒有白日的燦爛。

她不甘心地，再次將整隻鳥從頭至尾摸了一遍：鳥冠，尾巴，爪子，翅膀，然後從頭再來一遍，再來一遍，像跳針的唱片，反覆唱詠同一段曲調——她的祈望高高地舉起，卻也只能輕輕地放下。什麼都沒發生——暗夜劃出了一道縫隙，從中溜了進來，讓白晝由此流失——讓她的世界，又再度回到了一片黑暗。

虛弱的莎夏那天就這樣蹲在地上，嗚嗚咽咽地哭了起來。

莎夏又再次認命地習慣黑夜，在黑夜裡生活，在黑夜裡哭泣。黑夜有很長很長的臂膀，將白日的生動推得極遠——遠在她的世界之外，專屬於那些看得見陽光的人們。

莎夏認為她的夢境變得極為漫長——她本人與周遭環境的差異，似乎全被暗暝吞噬；於是她常常像是迷迷糊糊地、帶著失重的意識，在存在與不存在的邊緣帶上，自在地飄浮。也總是在飄浮的時候，她會不自覺地回憶起——那些曾經在城市上空的飛翔，像一隻主宰領空的鳥，將人類生命盡收入眼底。

但多數時刻不單單只有飛翔，更多的是沮喪；在這種暗夜的沮喪中，她會獨自坐在地板上，困惑好久好久。

卻也總在這種時刻，被莎夏畜養的那隻金尾鳥，會開始鳴唱動人的歌曲，像心有所感地撫慰因迷惘而起的波瀾，指引她走出內心的濃霧。當牠的獨唱會開始時，莎夏會沿著牆，走至籠邊，感受鳥兒溫暖的軀體，摸上牠的爪子。牠一邊鳴叫，一邊順著她的撫摸，像是對著她撒嬌。

有一夜她就這樣趴在籠邊，睡著了。進入她夢境拜訪的竟不是遺言收錄師，而是身軀幾乎將夢境填滿的圖書閱讀師。夢境很短，並且了無新意——不過重演了他們那次見面、同天分別的那個擁抱，以及他附在耳邊，悄悄對她低語的那段話。

醒來之後，莎夏卻覺得自己有些不一樣了；這種改變不是表面的，而是在無人造訪的陰暗處，有人為她重新燃起了一盞燈。於是對比上昨天的自我，她又明白了些什麼。至少她曾經擁有過白天——就算只是短短數天，她畢竟親眼見過這個世界；她能將原本腦海裡的那個世界，有所本、有依據的著上顏色。想像能由黑白轉向繽紛——對此，她應當心懷感謝。

也許活著就是這麼回事吧——生命總是有些遺憾，而就是在學習理解遺憾之後，人生，才能夠有更開闊的豁達。

莎夏往後變得更認真生活。圖書閱讀師留在她耳殼的那段話，總會在夜深人靜時，反覆在她耳裡彈跳，叩出回響：「妳知道嗎，小丫頭，我們如此長久地觀察人類，就會發覺——人們最不懂珍惜的，其實是那些生活中的小細節。妳以為，是什麼讓生命成為彩色的？不只是眼睛見著的顏色啊——而是那些存在於生活縫隙裡的渣滓，那些看起來微不足道，實際上卻彌足珍貴的、渺小時刻。」

「小丫頭，雖然眼盲——妳還是可以試著，活得像個看得見的人。」

●彩色：莎夏

大約一個月後，莎夏與媽媽出門；那天天氣晴朗，而兩人心情愉悅。莎夏牽著媽媽的手，突然——除了灑落在身上的陽光之外，有個感覺沒什麼份量的重量，輕巧地停在莎夏的左肩上。

「哦，莎夏！」媽媽輕聲叫喚。「有一隻不害臊的可愛小鳥，停在妳的肩膀上呢。」

「你們在人類眼中的偽裝，會是什麼樣子呢？」莎夏這樣問過遺言收錄師，他的回答是：「我們通常會選擇羽毛——因為相較之下毫不起眼，低調而不會被看見。但在某些情況下——我們也願意，幻化成一隻金尾鳥。」

莎夏回憶起最後那幾個擁抱，她想起她的朋友在人類眼中的偽裝；她想起眼睛所見，可能為真實，也可能是假象。她只是不抱期望地回憶著，猜想著，害怕這也只是她想像的假象。

直到那隻鳥兒鼓起翅膀，不大客氣地搔起莎夏的臉頰——這隻鳥奇異而大膽地，以撓癢癢來表達牠的友誼——莎夏忍不住在街道上大笑起來。

鳥兒緊跟著唱起了一首似曾相似的歌曲，讓她回想起當時小木屋前，那道聒噪的毛彩虹；只是這次只有牠單獨一隻，於是她聽得十分清楚——牠究竟對她唱些什麼。

於是莎夏心裡變得篤定，舒坦，也有了答案。她等著鳥兒把歌曲唱完，然後開口。不是問媽媽有沒有聽見歌聲，而只是想確認一件事：

「媽媽，這隻鳥兒，是不是有著一條，非常美麗的金色尾巴？」

THE END

第二屆・特優
〈玄牝之門〉

瀟湘神

作者簡介／瀟湘神

本名羅傳樵。一九八二年出生，畢業於東吳大學中文系、臺灣大學哲學所東方組碩士班。性善論者，興趣是人類學、民俗學、城市發展、腦科學等等。曾獲第十四屆臺大文學獎小說組第二名〈框〉、第十五屆臺大文學獎小說組佳作〈垂直都市〉、2012年角川輕小說獎短篇組銅賞〈大臺北繪卷〉、金車奇幻小說獎特優〈玄牝之門〉、〈還魂〉，現已出版《臺北城裡妖魔跋扈》、《帝國大學赤雨騷亂》，同時也是實境遊戲設計師，曾策劃〈金魅殺人魔術〉、〈西門町的四月笨蛋〉、〈城市邊陲的遁逃者〉等遊戲。

1.

「世上沒比上海更繁華的地方」，這話便在西方世界也適用。人們稱巴黎「花都」，這已是恭維之至，但對上海，那便語拙了。上海便像是蒙著面紗的貴婦，珠光寶氣的，人們看不見臉，只覺貴氣逼人，便道是美若天仙。誰不這麼想，肯定是酸葡萄心理，上不了檯面的。是以不論西方諸國心底怎麼看，個個都將上海比作海倫、比作蒙娜麗莎。但女人啊，美貌下是藏著刀的，何況是蒙著面的女人？這刀藏得可深著呢。念及於此，就算表面上奉承，笑也就不怎麼爽朗了。

但上海再怎麼珠環翠繞，也總有不體面處，像「王記大酒樓」後巷，爛泥與廚餘蒸騰著腐敗的惡臭，有如活生生的死亡。老鼠豎起耳，嗒嗒嗒地從後門燈泡下竄開，緊接著「碰」的好大一聲，酒樓侍者踢開後門，奮力搬著廚餘，看也不看地一潑，怕臭似的拉上門。

乞丐們早等在那，一見廚餘便趴上去，老鼠在暗處猶豫，被這勢頭嚇得不敢探出。這些人奮力從裡頭扒出能吃的東西，彼此推擠，深怕遲了一步連骨頭也不剩。

本來啊，那些達官貴人浪費得緊，總有些肥的瘦的剩下，早些年甚至有乞丐吃得肥嫩油亮，很是滋養，可這些年乞丐一多，便一個個消瘦了，前些日子有個餓死在巷裡，沒人收屍——他可不是第一個。

這些都在皇帝眼皮底下發生，卻入不了他天王老子的眼。桓公易服，上行下效，於是一時間歌舞昇平，又是上海了。

可在上海深處，一張張掙扎求生的臉孔正為著根雞腿骨扭曲猙獰，真可謂靈長類上演的物競天擇。這時，一個影子讓他們想起了人類秩序，只見巷口倏地冒出一個高大身影，他來得好快，誰也沒見他怎麼來，但乞丐們見他衣著扮相，全驚得呆了。那是個洋人，有著東方人想像中洋人的一切美好，卻穿著黃色道袍，在酒樓的霓虹燈下千變萬化，紫光紅影。

他們知道那是宮中「黃衣衛」的服裝，可尊貴的「黃衣衛」怎會在此？

洋道士才踏進巷，乞丐便一轟而散。他們當然是怕的，誰沒聽過黃衣衛？他們都修了道，通大法，登仙的人是不受世俗法律約束的，只有天子的「金口」可管。他們殺人，可冷酷無情了，據說十步之內，瞪一眼便教人血濺當場，倘若天子不開金口，誰也懲不了他們。

活的作鳥獸散，死的走不了，才冷悽悽地留在巷子底。洋道士卻不在意，他走到幾個死人旁，邊翻邊看，仔細辨識他們的臉，接著「哼」的一聲，奮力朝一具屍身踢去。

「老大爺，您倒選了個好地方。」洋道士冷笑，卻遮遮掩掩，不敢太大聲。那死者胸口起伏，竟開始呼吸了。他滿面髒汙，衣不遮體，連陽具都露出，兩眼精明睿智，像個聖人賢者。

「還是一樣粗暴啊，牛鼻子……不這麼做也能把氣灌進來吧？」乞丐撐起身，半躺在另一具屍體上，懶洋洋地抓著跨下。他口音很重，和細軟的上海腔不同。

洋道士「哼」了聲：「給您老大爺順順筋骨還不成？不說閒話，咱們談正事吧。」乞丐說：「成。啥正事？」這會談是道士約的，乞丐決定地點，敲定時，雙方都未真正出面。他們行事隱密得緊，不能留太多痕跡，所以事前乞丐也不曉得要談什麼，只知是要事。

「我想先確定，地脈最近動向如何？」道士聲音陰陰的，彷彿藏著柔軟潮濕的秘密。但他一問，乞丐便心中有底：「九龍朝案，群龍相會。這確是大事，卻有很多可能，但既然恁問……黃首是看到什麼天相？」

「見龍在田。」道士簡短地吐出這個字。乞丐被撼動了：「黃衣衛這麼看？」

無論是不是真相——黃衣衛都做了判斷。這還是乞丐也可能做的判斷——卻難以置信。他斥道：「不可能！上次他們說見龍在田，才過十一年！」

「可能性很低，但不是不可能。」洋道士糾正：「我也心有懷疑，才向你確認。但若太陽、太陰都窺見同樣的景色，我想這次是真的了，也許，上次反而是假的。」

「倘這真是黃首的判斷……」乞丐又壓低聲音：「那無論俺們咋想，結果都是一樣底。皇帝咋說？」

「上海城內，十個月內的嬰兒，全部處死。」

乞丐想笑，卻笑不出來。而他不明白，為何道士在笑？那不是真正的笑，只是凝聚在嘴角的嘲諷，一根斜斜的刺，那刺是帶著惡意的。他知道道士的過去，知道為何堂堂黃衣衛會結交他們這些逆黨，正因如此——

「恁在想啥？」乞丐問。

「我在想什麼？想你們該準備了。」洋道士嘿嘿笑：「才隔了十一年就再度大屠殺，狗皇帝也知會暴動、被外國輿論聲討，鴻臚寺的人也大傷腦筋吧！所以他要做些處置。但一個月內，命令就會下來，到時誰都逃不掉。你們有一個月的時間準備。」

他聲音有些高亢，乞丐甚至擔心招來注意，但真正讓乞丐厭惡的，是潛藏在激昂下的東西。他忍不住說：「給我住嘴！黃衣衛老爺，是啥讓恁這樣興奮？恁應該不希望十一年前的事發生，就像俺們一樣！」

道士怔了怔，表情複雜難辨，但憤怒從裡頭燒出來，不一會兒便將其他感情吞噬殆盡。

「若是其他原因，我會同情到痛哭流涕，老大爺。」道士確實壓低了聲音，但他神情沒壓抑，反張狂起來：「可見龍在田——該死的，又一個有王命的人出現了。只要我們掌握越多可能成為王的人，就越能把那混帳從他的寶座上拉下來。」

他喘了口氣，臉離乞丐極近，他能聞到乞丐身上的惡臭，乞丐也感到他熾熱的呼吸：「我向你保證，當那天來臨，我絕對會站在那龜孫子旁，居高臨下地看著他，享受他屈辱痛苦的表情。十一年，你覺得太早？我卻希望每年都有大屠殺呢，只要我們每次都能找到那個帶著王命的嬰兒！」

他瘋了，乞丐想。但看洋道士激動的臉，他心中有著同情。他沉沉說：「俺們會準備。無論是不是帶著王命，俺都要盡可能救更多人……就算大部分都徒勞無功。」

「很好。」道士後退，看來又正常了，又像那個人人又怕又崇拜的宮廷使者。黃衣衛中有不少洋人，皇帝喜歡高挺的俊男，這名道士也是走在人群中便讓人感到美好與快樂的人。乞丐比較喜歡他現在的樣子。

但他離開時，影子在巷子裡越來越大，晃啊晃的，彷彿他痛楚的靈魂。接著上海吞沒了他，沒半點蹤跡留下。

2.

神機營提督的夫人白露葦其實不喜歡家族聚會——好在陳提督也不喜歡，至少不喜歡她們家的。可她總擺出跟娘家親近的樣子，以免丈夫覺得自己是嫁雞隨雞，唯命是從的膚淺女人。她在社交上假裝游刃有餘。就算不是為了讓他刮目相看，也不能給那些貴婦人小瞧了。

「我們的露葦啊，可真大富大貴了。」二姨夾菜到自己女兒碗裡，她這話柔裡柔氣，也帶著笑，但裡頭有些重量，正以最適切的角度壓在表妹婉玉背上。

「唉，露葦只是運氣好了些。婉玉這麼標緻，過些年還怕找不到好人家？到時可別忘了我們啊。」母親笑著說場面話，婉玉始終沒抬起頭，沒對上任何人的眼，也許她正看著不在場的某人——或她便是那不在場的人？

二姨也客氣幾句，最後卻說：「不過，要說好人家，能比海珠城神機營提督要好，倒也不容易了。」她終究忍不住酸溜溜的，但對母親來說，這卻是十足十的奉承。一時氣氛僵了些，西京、東京兩位表哥竊竊私語，冷眼旁觀，琉青表哥忽然笑，熱切地說：「放心吧，二姨。追婉玉的人多的是，她只是還沒決定罷了。」

「婉玉受歡迎，我們作長輩的可放心了。」四姨親切地笑：「但婉玉啊，你可得好好選，別像我們蘋君。好好把握，呵。」她講起自己女兒，也不知是謙虛，還是真覺得可恥。梧雨表妹問蘋君近來可好，都是些場面話，她們幾個女孩子私下交換眼神，意思很明顯——還是別來的好！

蘋君表姐是她們中最年長的，這些年，一直將這些表妹們壓得緊緊的，後來到英國劍橋大學念了個學位，崇尚自由戀愛，最後竟找個教書先生嫁了，身價大跌，四姨也一直介懷。在那之後，蘋君便不怎麼出席家族聚會了，就算來，話頭也沒過去穩健。露葦心中隱隱有了報一箭之仇的快感，結果連蘋君表姐過得好不好都不知道。

「這個世道，生男的沒半點用，還不是給人當奴才？只有生女的，嫁給皇親國戚，才能飛上枝頭作鳳凰。」好幾年前，四舅說了這話，長輩們點頭稱是，她們卻大為反彈。哪個女孩子不嚮往美麗的愛情？但這些年過去，婚姻壓力逼到眼前了。婚姻可不比談戀愛，戀愛是當下的事，婚姻卻是一生一世，所以到頭來，大家都精打細算起來了。

她們表姐妹本同聲一氣，但一個個嫁出去，比較在所難免，彼此的閒話便多了，後來也乾脆不遮掩。好不容易自己出頭了，露葦倒比以前更常出席家族聚會，長輩們還當她懂事乖巧了。但她在這一桌桌宴席上的氣定神閒，也只是一再確定自己終於走到這步，沒多少快樂。場面話說著聽著，她也厭了。

一開始陳提督還喝幾巡酒，中途便稱營中有事，走了。但露葦知他今晚無事，想是厭了，藉口回房看Television。他們趁新婚，買了臺40吋的LCD Television，提督炫耀般地將它展在大廳，28吋那臺便移到了書房。

提督這人倒也說不出什麼缺點。不甜言蜜語，卻也不曾虧待她，將她們家族聚會設在提督公館裡，也顧到她面子。身為顯貴，他身材已算精實，每天都用跑步機鍛鍊自己。

但露葦終究有些不滿——作為軍人，怎不騎騎馬、打打獵？要鍛鍊身體多的是方法，跑步機終究太斯文。但沒人是完美的，何況她不知道，騎馬打仗已是舊時代的休閒，現在就連英國貴族也用遊戲機取代Tennis了。

丈夫不在，她本該獨當一面，妥妥地將宴席招待下去，但她心不在焉地聊，猛然迎上婉玉視線，年輕的眼裡竟懷著怨恨。露葦身為女人的直覺知道她在責難什麼。

背叛者。

過去露葦是站她那邊讀。女人長大了，無論是嫁不嫁人，都能招惹閒話，她向來幫著婉玉。但她自己嫁人後，卻輕輕巧巧跳到了二姨身邊，講著成熟順耳的場面話，將婉玉拋下。

露葦心中一疼，卻更加篤定踏實起來。她不正是有這樣的覺悟才結婚的？這是她想要的人生，她掙到的。所以她沒迴避，反直直地對上那雙眼，一笑。婉玉轉開視線，露葦感到滿意，這證明她是對的——餐桌上，只有結了婚的女人才有權力。

「婉玉，你怎不吃？」七舅也給她添菜，她囁嚅著：「我不餓。」琉青溫柔說：「你不餓，坐在桌前也是無聊，不如我們到旁邊聊天去？」大舅不高興了：「大人沒有離座，小孩怎能離座？坐著。」

「反正露葦嫁了個好夫婿，話題不就這個？又不是剛成親，也為我們著想，我們可聽到膩了。」琉青沒好氣地說，氣氛一下子僵了。

「放肆！誰讓你這麼老三老四的？」大舅拍桌，琉青卻沒停下：「你們講得痛快，人家露葦還不見得愛聽呢，不就看著你們是長輩的份上應付著？我們家雖不是高官顯達，也還過得去，有需要讓神機營賞我們一頓飯？」

大舅一個巴掌「啪」地下去，大人們連忙安撫，此起彼落，誰也聽不清誰。琉青沒頂回去，眼中盡是不服。晚輩夾在其中吃飯，只作壁上觀。

其實露葦被這麼說，心裡倒有些舒坦，她確實有些不耐；又不是新婚，長輩們卻還這麼熱衷，彷彿她的價值就到成親為止。這心情當然不能坦白，但再待著也坐立難安，於是她趁這紛亂的勢頭蹙眉扶額，果然母親瞥見，關心話便來了。

「沒什麼，有些不舒服。」露葦故作姿態。如她所料，長輩們一聽這話便紛紛要她休息，甚至有人拿起Smart phone打電話找醫生。

她三個月前才給提督生了孩子，在那之後，有必要時她便裝作不適，所以大家都道她身體還沒好。在親戚們的體貼下，露葦先行告退，母親要她放心，說接下來會打點得好好的，但她見幾名親戚臉色，想見接下來必有一番計較。

但這也不關她的事了。

她離開餐廳，經大廳上三樓。提督向來鋪張，愛喝洋酒，用的是舶來品，住的也是洋式豪宅，卻是復古的，不像Hollywood片中的現代建築嶄新冰冷。像她眼前掛在廊上的小燈，便用亮晃晃的黃銅托著，像開出一朵小花般。大廳的吊燈以精緻手工綴成，令她聯想到香檳塔。但那40吋的LCD Television掛在牆上，竟有些格格不入。其實這樣的格格不入公館裡隨處皆是，她中式的衣櫃搬進來，瞧著也有些扞格。這毫宅的美學是拼湊的，卻有種不倫不類的美。

傭人見了她紛紛低頭，讓她擺出架子，身體直挺了些。但婉玉的眼神——不諒解卻又真誠年輕——竟無法離開心頭。她知道，她將一直承受這不諒解。回到臥房前，本道已夠自持，但方才餐桌的場面卻在她心裡反覆重現，不禁心煩意亂起來。臥室邊是提督書房，裡頭正用Telephone聊天，雖不知對方是誰，但提督開朗地笑，竟讓她更加煩悶。她來回剁步，最後決定去照顧孩子，讓劉媽吃飯休息。

她是提督夫人，家裡沒事讓她做，連孩子也讓傭人照顧。但她看洋人的幼教書，知道該與孩子培養感情。其實她到現在還不敢相信生了勳兒，分娩的痛苦讓她覺得人生某處直如幻境，令她自豪又恐懼。她要這個身份，卻不期待床笫之事，所以主動跟提督說：「別急著再生一個，好好把勳兒養大再說，西方的幼教專家都這麼說。」

「他們這麼說，就這麼著吧。」提督輕鬆地笑，對他來說，反正來日方長。露葦這下真有些暈眩了。她撫著胸，來到一樓的哺乳室敲門：「劉媽，是我，你去吃飯吧，我來照顧勳兒。」

她沒等劉媽回應便開門，但裡面的模樣令她悚然大驚。一個陌生男子在床邊抱著勳兒，劉媽卻倒在地上，生死不明。她放聲尖叫，卻沒叫出聲。難道嚇到啞了？她吸了口氣，卻還是叫不出；這時男子對她伸出手，一股無形的力量將她拉入他懷中，門也自動關上，沒太大聲響。她大吃一驚。

是太陽功！

怎麼可能？只有黃衣衛才能學太陽功！黃衣衛為何在此？她第一個念頭是丈夫要被肅清了。

她掙扎，心中卻有個聲音自問：就算掙脫了有如何？黃衣衛要對付陳提督，除了眼睜睜看著一手建起的幸福沙堡被沖毀，還有別種可能嗎？

男子抱著勳兒，另一隻手繞過她的背擒住咽喉，貼在她耳邊低語：「別慌！我是來救你兒子的。我是華霜啊！姐姐，我不會害你的。」

露葦一聽猛吸了口氣，轉頭瞪著男子。

他不可能是華霜。她還記得華霜的臉，完全不是這樣。她想起十一年前，華霜在聖上的命令下被處死。那天真可愛，總是纏著她的弟弟。在記憶中的某處，這男子與他重疊——這不可能。

「表姐？你在嗎？」忽然有人敲門，他們一齊看去，是婉玉。她心中大亂，婉玉怎知她在這兒？她望向男子，男子表情緊繃，手雖沒放開咽喉，她卻覺得能說話了，顯然已解開了太陽功的箝制。他殷殷凝視她，露葦猶豫地開口：「在，怎麼了？」

「沒有……我只是想跟你道歉。還有琉青表哥，你知道他沒惡意的。」露葦忽然懂了，婉玉一定是被二姨催促著來的，她高聲說：「沒關係，我不介意。琉青表哥一直是那樣的，我明白。」

「表姐……」婉玉聲音溫柔起來：「表哥只是關心我，他只是討厭大人們這麼虛偽。我好抱歉，你有好歸宿，我為你高興，真的。只是娘親逼得太緊了，我好累，我一直一直想跟你說這些，但你好像不是能讓我說這些的人了……」

露葦一怔，沒想到婉玉會忽然告白心聲，惶恐的心也跟著柔軟了。但不能將婉玉牽扯進來，她根本不知這男子的目的：「婉玉，你先回去吃飯吧。這些話，我們能在電話裡說。」

「表姐……你只是想趕我走，是嗎？為什麼？為什麼你要像這樣，我都已經這麼好聲好氣了！」

「不，我沒那個意思，只是現在……不方便。」

「有啥不方便？這些日子來是你委屈我，可我還好聲好氣，你以為我說這些便不委屈嗎？你憑甚——」婉玉打開門，眼神由氣苦轉為恐懼。

「呀！」她發出尖叫，露葦猛然被摔到一旁，婉玉的叫聲戛然而止。露葦抬起頭，只見婉玉倒在地上，她也尖叫起來，用力撲向男子：「你做什麼！你做什麼？我丈夫不會放過你，他一定不會……」

「婉玉表姐沒事，她只是昏過去了。」男子用太陽功制住她，她僵在半空，像被吊起的傀儡。他雖主控一切，卻帶著憂傷的笑：「別擔心，我不會傷害親人。」

「你到底是誰？」露葦憤怒地顫抖：「你不可能是華霜，他死了！」

「但我真的是，姐姐。」男子說。這時門外傳來人聲，顯然是尖叫喚來的。她瞪著男子：「你怎麼打算？我丈夫的手下馬上就來了，如果你現在放下勳兒和我……」

「我不會放，這也是為了你們好。」男子認真說：「他們無法阻止我，我有經驗。但我必須把你帶走。對不起，姐姐——請相信我！我真的是為了救勳兒。」

露葦如何能信？她喊「救命」，但下一瞬間，她便陷入昏沉的黑暗，像墜入一個遙遠的夢。

3.

露葦在同齡的孩子間算早熟，她很早便懂得妝點自己，這是能令她（以及她母親）得意的。母親房裡有個紅木雕花穿衣鏡，每當有新衣裳，她便到穿衣鏡前細心挑剔身上的細節。不只看衣服，更要看這身衣服適合怎樣的儀態；母親從那時便這麼教育她：女孩子的價值，是由她的男人決定的，不懂得妝點自己的女人，注定是人生中的失敗者。

那時母親還拉著她的手說：「你要嫁給比你爹好的人，呵？」像是在說女人間令人會心一笑的秘密。但露葦是懂的，她將展現自己最好的一面視為完美的自制與矜持。所以對於華霜，那個又哭又鬧，毫無理性的弟弟，她只當成令人生厭的動物。

但基於對完美的要求，露葦善待他，在人前也總是淺淺的笑，扮作成熟的姐姐。不只朋友，連街坊長輩也讚她是個「好姐姐」。那時露葦才七歲，心裡便已有這麼多般事。

十歲時，華霜失蹤了，似乎是傭人沒看好，給他偷偷溜出去。這下家裡亂成一團，有人說他玩過會自己回來，也有人說他可能被壞人綁架。但大明國嚴刑峻罰，拐帶小孩是殺頭的罪，至少他們住的陸家嘴，綁架可不是常見的事。

可露葦知道自己得做做樣子，便穿了輕便樸素的衣服在街上找，逢人便問有沒見過華霜。她只道回家時華霜便回來了，誰知尋到傍晚，回家仍不見華霜蹤影，氣氛一片低迷。她那時才意識到，這次是真的可能失去華霜。她忽然急了。

這是一種她也不明白的情感，她一直認為這個弟弟可有可無，只是供她建立形象的擺設。但那一刻，她確實升起身為「姐姐」的自覺。後來華霜被警察找到，哭得一塌糊塗，父母痛打他一頓，但露葦卻抱著他，第一次接受他成為她的弟弟。

露葦醒時，見自己躺在梨花木製的雕刻床上。「恁醒了？」一個鄉音濃厚的陌生聲音說，她嚇得躲到床邊，只見一名老者坐在桌前，手上拿著書，封面用行書寫著「太乙金華宗旨」。

「……你是誰？」露葦問：「我兒子呢？」

「他很好，甭擔心，晚些恁便見著他。」老者視線移回書上，他手指修長，卻又粗又老，歲月不只在他身上留下痕跡，根本是凌遲了他。露葦不動聲色地打量四周，試探著問：「你們到底是誰？你們不殺我一定有理由，是想拿我和勳兒來威脅我丈夫？」

「恁誤會了，夫人，俺們沒那意思。華霜沒跟恁說清楚，對否？這也沒法兒，畢竟帶恁來不是俺們的計畫。」

露葦一片混亂，有種被冒犯的憤怒：「他不是華霜！」

「也難怪恁這麼想，他長得不同了。」

「不！不只如此，」露葦氣憤地說：「他死了，被殺了，被聖上下令殺的！」她想起當年的事仍有些顫抖，聲音也高亢起來：「我不知道你們到底是誰，要做什麼，但別拿我弟弟的死開玩笑！」

「別慌，別慌。」老者擺擺手：「恁現下不懂，但他真是華霜。他在忙，等他忙完了來見恁，恁就明白了。」他的口音極其奇怪，聽來像北方口音，卻混了好幾種腔調和方言在裡面。

「總之，你不會殺我，對吧。」露葦平靜了些：「那你打算解釋？你要是不解釋，女人一激動起來會做出什麼，可沒人敢保證。」

她本道老者會刁難，但老者合上書放在一旁：「也好，俺本想等華霜來，讓他親自與恁解釋。但先告訴恁也好，恁好好想想，好好考慮。」

「考慮什麼？」

「別急，俺說完恁便懂了。」老者安撫她：「首先，俺們為啥要帶走恁的孩兒，華霜該跟恁說過了，俺們是為了救他。雖救不了他的身體，至少能救他的靈魂。」

「什麼意思？」露葦全身發抖，一想到勳兒在他們手上便令她不安。老者說「救不了他的身體」又是何意？她聽說洋人的宗教也講救人靈魂，難道這老者是瘋狂的傳教士？他們一定是從哪兒打探到了華霜的事，在瘋狂的教義下相信自己是華霜轉世才纏上她的。

「從頭說起吧。十一年前，皇帝下令的大屠殺，那時，上海城裡七歲的男孩，不分貴賤全殺了，恁還記得吧？」老者問，露葦當然記得，因為華霜那時便七歲。

「皇帝跳過刑部，直接發布這個命令，啥理由都無講，這下國民亂了，國外列強也虎視眈眈。只可惜……真不知是不是可惜……大明國太強了。現在西方什麼人權思想這麼盛，卻對這種無道理的恐怖屠殺束手無策……」

「別說了！」露葦摀著耳，她不想想起。那時局勢很亂，皇帝派出神機營與黃衣衛鎮壓。黃衣衛才十二人，就能殺光兩百多人的反抗軍。Media上，黃衣衛反覆展示太陽功的神通，她不敢看Television，只希望一切快點結束。如今她甚至忘了，她想忘掉那場惡夢。

「抱歉啊，讓俬想起這些，但俬一定要警覺，心裡要有準備。那時皇帝要殺七歲孩兒，是因太陽功失傳太久，等追到過去天象，已過七年。但現在不同了，黃衣衛隨時注意著天象，他要斬草除根，一開始便能辨了。」

「什麼意思？」她不明白，但一種神秘的直覺令她不想明白。老者說：「下個月，皇帝會下令將上海城未足一歲的孩童全部處死。當然包括俬的孩兒。這次可不像十一年前這麼倉促，一切已打理好，會以最快的時間撲滅動亂，只有最表面的消息會流到國外，連Internet也被封鎖了。」

「你騙人！」露葦顫抖。

「俺沒騙俬。」

「我丈夫呢？他難道不能阻止這事？」

「十一年前，貴踐不分，俬忘了？況且陳提督根本打算將俬孩兒雙手奉上，正因如此，俺們才不得不直接出手相救。」

「你騙人！」露葦怒道。提督已知道了，卻什麼都不跟自己說？她不敢相信，卻隱約察覺是事實。她知提督跟自己一樣，是冷血無情，只顧自己的人，不同的是，自己已看穿他，提督卻未看穿自己。

「真的。」老者起身，從旁邊木盒拿出個裝置，操作一下，裡面便傳來提督的聲音，他是邊笑邊說的：「當然，你放心，我不會違逆聖上……不會不會，不過是兒子，再生就有了。我妻子會接受的，我會假裝跟聖上爭取，最後保住孩子，但孩子卻死於流行病。我這邊有管道處理……當然囉，就說兒子再生就有了嘛！」

老者停掉錄音說：「提督用的跑步機是倭國製，那間公司有贊助俺們。現在跑步機在大官間可流行了，正好讓俺們刺探到許多情報。」

露葦呼吸急促，她撫著自己肚子，心想，再生就有了？男人倒是說得這麼輕易，他們知道生小孩多辛苦嗎？她是無論如何不想再生了。她咬牙道：「錄音是可以造假的。」

「恁會懷疑也無辦法，但陳提督已是鐵了心要效法易牙。恁要真懷疑，可用俺們的機器，直接監聽恁的丈夫。但恁心裡要有準備。」

「就算你說的是真，又要怎麼救我孩子？」

「這要說明可難了，」老者搔頭，臉上的皺紋擠成一團：「夫人，恁聽過太陰功嗎？」他問。露葦不確定地搖頭。她聽過太陽功，那是黃衣衛絕不外傳的神功，修成之時便是登仙之時，卻沒聽過太陰功。

「俺想也是吶。像俺這種年紀的，些許還聽見過，那時太陽功甚至不是黃衣衛獨傳哩。」

「什麼？」露葦懷疑自己聽錯了。

「有啥好驚訝，恁以為黃衣衛是自天地始便有的玩意兒？錯，那是當今那狗皇帝搞出來的。還沒黃衣衛前，有天資的人都能學太陽功。」

「聖上？可我聽說，黃衣衛打從我大明立基之初便有了，只是先帝荒淫無度，登了仙的黃衣衛們不願輔佐他，才從皇宮裡消失……」

「那是假的。附會編造一些東西，當作史實教給恁們，這有啥難？」老者嘆道：「恁們以為大明國進步，興許真是進步，但恁們聽說的世界，都是揀選過的。上海這城市有多少規矩？這些年，洋樓一棟棟建起，文化風氣卻幾十年不變，因為一切都被規管過——罷了，多言無益。總之，太陽功在黃衣衛出現前已有，太陰功則是相對於太陽功的道術。只是與太陽功不同，太陰功在狗皇帝登基前便將近失傳。」

「為什麼？這太陰功跟我兒子有什麼關係？」

「恁別急，俺不是說慢慢說恁便懂了？咳，太陰功會失傳，很簡單，因為沒啥用。恁知道太陽功的原理嗎？」

露葦忍住不耐，搖了搖頭。

「俺們的身體，看起來雖是固體，其實是由無數的Atom構成，而那Atom，其實也不是固體。恁知道Fantascope嗎？」

「知道，是動畫的前身對吧？在一張圓形的紙上畫一連串的動作，旋轉後看起來便像在動。」

「不錯，看來雖然是動著的，其實只是錯覺。Atom便是這樣的東西，因為它高速旋轉，才讓俺們以為它是固體。呵，俺說的這個Atom可不是現代科學上的啊，是希臘哲學家說的『不可分割的最小單位』。俺們一般人，身體裡的Atom是常速轉動，太陽功一催動，便能加快這轉速。修行太陽功的人，體內Atom速度加快，使身體進入一種非虛非實的境地。俺知道這不好懂，這麼說罷，剛剛說的Fantascope，不是只有在一定的轉速下才是動著的？超過那個轉速，看來便亂了。Atom被太陽功加速的人，其實已失去了固體的常態，但也正因如此，打破了固體的界線，而跟宇宙根源連結在一起，能知天命。而且因Atom加速，在身邊產生一種被稱為『氣』的能量，能呼風喚雨、凌空殺人，這便是太陽功的原理。」

露葦大感詫異，掩口說：「等一下，照你這麼說，黃衣衛能用仙術，並不是他們成仙了？」這跟她知道的不同，若老者說的是真，那豈非人人能用仙術——不，似是有天資的人才能用。但這表示黃衣衛不是仙人。她過去覺得他們殺人理所當然，因為他們不受人世間的道理拘束，但若他們也只是凡夫俗子——

「當然不是，」老者笑：「讓恁們信他們是仙人，正是那狗皇帝的目的。他有金口，能號令黃衣衛，黃衣衛倘是仙人，他天皇老子自然更不得了，恁們咋會想反抗他？」

她知老者說得有理，因她便是這麼信的，是以一知太陽功原理，她便無所適從，暈頭轉向。但她仍不明白，問：「但太陽功跟太陰功有何關係？這又與救勳兒有何關？」

「懂了太陽功，太陰功便易懂哩，方才不是言道，太陽功是增加Atom的轉速？太陰功則反過來，減緩Atom的轉速。太陰功催動到極致，甚至能使Atom停止旋轉。但比起太陽功，沒啥用處，太陽功產生的氣，千變萬化，太陰功卻是抵消這氣，只能太陽功不起作用罷了，至少古人這麼想，才讓太陰功差些失傳。但他們弄錯了，他們未瞭解太陰功的真正力量。」

「真正力量？」

「太陰功修練下去，不只是抵消太陽功的氣，身邊的時間也會接近停止；催動到極致，修練者的時間完全停止，這時雖如死去，卻萬物不能傷，連原子彈都動他不了分毫。在這最接近死亡卻並非死亡的狀態，俺們稱之為『谷神不死』。」

「谷神不死？」她聽過這詞，似是出自《道德經》，以前聽學校老師提過。老者微微一笑：「不錯，谷神不死，是謂玄牝，玄牝之門，是謂天地根——這才是太陰功真正勝過太陽功之處。太陽功發動，雖打破固體的界線，能見到宇宙根源，但終究是霧裡看花，中間隔了一層。可太陰功將Atom的旋轉完全停止，這讓修練者真正打開了玄牝之門，直通天地根。」

露葦聽得模模糊糊：「那又如何？」

「方才俺說太陽功能知天命，所謂天命，是無數的魂魄在天地根裡運轉流變而成，俺們見不到天命，是因為俺們看不透這物質世間。修練太陽功的人能看到天命，是因在他們眼中，物質世間是稀薄的。但修練太陰功的人咧？玄牝之門一開，判然二分的物質世間與天地根便打通了，恁明白這是什麼意思？」

露葦搖頭，老者嘿嘿笑道：「這表示，俺們可以直接接觸天地根中的魂魄，甚至可以將魂魄從人的身體裡取出，換到別人的身體，這就是俺們救你孩兒的方法。先打開恁孩兒的玄牝之門，取出魂魄，就算身體被殺了，魂魄也可以轉移到別人的身體裡。」

露葦大驚失色：「等……等一下，這樣根本沒救到我兒子不是嗎？」太陰功固然讓她震驚，但比起那個，這怎算救了她兒子？勳兒才三個月，若只將他魂魄換到別處，跟另養一個小孩有何不同？何況人人都知勳兒死了，自己要怎麼養他？

「這已是沒法子中的法子，狗皇帝要殺他，有何奈何？若要護他，那牽連進來的人可多哩！雖然今個兒情況不同了，也許恁孩兒不是非死不可，但這要華霜決定。」

「情況怎樣不同？」露葦急急問。

老者抓著臉：「方才說了，將恁帶來不在俺們的計畫裡，本來俺們打算偷偷將恁孩兒帶來，華霜看在恁是他親姐的份上，才提案換恁孩子的魂魄。現在事情驚動了提督，後面到底要咋做，俺們還沒定奪，但恁想想，若狗皇帝知道有人盜走了恁孩兒，他會咋想？他定會想是提督故意讓人劫走他的孩兒，保存後代，這是要誅九族的。」

聽老者這麼說，露葦只覺晴天霹靂，她好不容易努力到現在成為提督夫人，莫非便要成為一場空？她顫聲說：「那麼，如果現在將勳兒還回去……」

「那恁孩兒必死無疑。」老者說。

這下露葦明白了，這是何等兩難？若不犧牲勳兒，榮華富貴便到此為止，不只如此，說不定家族還會蒙羞，以後爹娘在地方上便要無法立足。但要犧牲勳兒……她又如何能下這決心？

一開始這老人要自己考慮的，便是這個？

老者佇在一旁，見露葦不語，便悠悠繼續翻起書。他似不將露葦看在眼裡，讓露葦更加煩悶。她哀怨地問：「你們知道多少？為何聖上要殺這麼多未滿一歲的孩子？你們一定知道原因吧。」

「無錯。」老者放下書：「那狗皇帝這麼做，是為了自己的權位。簡單說，一個人若是沒王命，不論如何都當不了王，就算革命，如果沒有懷著王命的人帶領，也一定失敗。」

「王命？」

「方才不是說了，所謂天命，便是俺們的魂魄在天地根裡流轉糾纏，其中有些魂魄被上天選上了，具有成王的資格。但有王命卻不一定成王，過去不少有著王命的人，庸庸碌碌便那麼死了，不過，沒有王命鐵定無法稱王，也無法抵抗懷著王命的人。」

「你是說，同時可能不只一個人有王命？啊……所以聖上要殺這些孩子，是因為他們有王命？」

「是他們中可能有誰有王命。」老者沉重地說。

「什麼意思？上海城嬰兒這麼多，聖上將他們全殺了，只因為他們其中一個擁有王命？」露葦吃驚掩口，心想未免太荒謬。但她越想越覺得合理，聖上定是知道這些反抗者的，他們市井小民不知道，只是Media不報罷了。只要他們中沒有懷著王命的人，這種叛黨就不足為懼——他一定很怕讓他們得到懷著王命的人。

「正是如此。黃衣衛的太陽功可看到天命，大約知道懷著王命的人是在這段期間出生，也知道在上海。十一年前也在上海，這是巧合，俺們也沒料到這麼快便有下一個懷著王命的人出生。」

「你說什麼？」露葦從床上站起身：「十一年前的事，也是因為那些人中懷著王命……？」

「那當然，不然有何原因？」老者笑。露葦跌坐在床，心裡五味雜陳，一時間她對聖上懷了恨，聖上奪去她的弟弟，現在又要奪去她的孩子！這時她心中忽有了個念頭，令她張大眼，她面向老者：「老先生，我問你，你說那個男人是華霜，是嗎？」

「不錯。」老者微微笑著，一副「你總算懂了」的表情，露葦顫抖著：「也就是說，華霜的魂魄被你們換到了他人身上……是這麼回事吧？你們救了十一年前的那些孩子？」

「不，」老者搖頭：「那時俺們準備不足，只救了華霜。」

「為什麼？」

「方才說過，太陽功雖可知道懷著王命的人大約何時、在哪出生，但這便是極限，再往下找就難哩。」老者說：「可太陰功不同，太陰功直接開玄牝之門，露出魂魄，能讓俺們看出有無王命，只是要一個個看，十分麻煩。當年黃衣衛建立起來，是靠斷簡殘篇才將太陽功的一切技巧完備，花了十幾年才追蹤到懷王命者出生的時間地點，可俺們早在那之前便行動了。那時俺們將可能懷有王命的人一個個用太陰功查，終於找到了那個能頂替狗皇帝的人。」

露葦震驚得臉色發白，她握緊雙手：「你是說，那個懷著王命的人就是——」

「對，」老者點頭：「就是華霜。」

這時房間的門打開，一名男子風一般地進來，似是趕過來，懷著雀躍與欣喜。老者見他，展顏笑：「華霜，好孩兒，俺們正提到恁哩！事情都辦完了？」但那男子聽若未聞，他看著露葦，露出靦腆的笑，聲音青澀。

「你醒了，姐姐？」他張雙手，似要擁抱露葦。

但那是張陌生的臉，是張充滿威脅的臉，他曾在她面前施展太陽功，將婉玉擊昏。她不自禁地退了一步。男子怔住，臉上的笑沒這麼自然了，但他還是笑，粗大的手不自在地在褲管上抹了抹。

「好久不見。」他聲音溫柔了許多，卻有些殘破。

4.

露葦在叛軍的屋簷下待了六天。叛軍自稱「龍痕」，但報紙和Internet上都未報過。華霜不欲連累白家，已不叫白華霜，對外自稱「李鴻基」。她聽過這名字，是有名的國際恐怖份子，一直以為逃亡國外，不料仍在國內活動。

而且還是華霜。

這裡有多機密，她不問也知道，老者囑咐過不能亂走，但華霜保證她至少能沐浴，衣食無缺。第二天，他們將勳兒送來，仍是提督府裡紅潤的樣子，根本沒受驚嚇，孩子用的衣物、用具，他們也都備妥。

像這樣整天照顧勳兒，對她來說卻是新鮮。這三個月來，麻煩事都是劉媽做的，是以有時動兒哭得久些，她便心煩，要放著不管，卻擔心惹惱叛軍的人。然而勳兒睡時，她摸著他皺皺的小臉，又不無愛憐。

除照顧勳兒外，她還借用叛軍的竊聽裝置偷聽提督房裡的情況，誰知越聽越心如死灰。提督是無情的人，她早已知曉，是以那老者說了，她也不意外，但這幾日內提督打了好幾通電話，都是在疏通關節——他是關心勳兒，卻只擔心勳兒連累了他；對露葦也被劫的事，他半點兒沒提。

這不算什麼，她不是早知道了？若逃過一劫，回到提督身邊，她還是要裝成不知道，用笑臉面對他的。她要的是名份，是生活的保障，但像這般清楚明白與幸福的愛情徹底無緣，還是換來了她一抹哀悽的笑。

那天華霜回來，又匆匆離去，他似是抽空來，與那老者小聲談兩句後，老者便臉色難看，要他快些離去。露葦問怎麼回事，華霜要說，老者卻道「別說太多龍痕的事，不然她爾後脫不了身。」一時間，華霜露出想說什麼的困惑表情，這表情確實讓她想起那年少的弟弟，但他最後什麼都沒說，只交待了別人好好照顧自己，走了。

露葦惘然若失，知道華霜活著——不，這真算活著？雖然他確是華霜——但仍沒有實感。何況華霜似乎已是某個反抗組織的領袖，只因他有王命，便更不實際了。

她被允許活動的地方不過幾個房間和一個窄小破舊的院子，這是古老的宅子，只是窗子被換成了鋁窗，每個窗子都小小的，用竹簾遮著。沐浴、上洗手間時，都要人跟著，沐浴的水是另外燒的，她聽過這種生活方式，卻沒經歷過。有時她在院裡張望，幾個穿著簡陋的人笑嘻嘻經過，一見著她便噤聲，這事發生過幾次，她覺得沒趣，便不怎麼離開房間了。

這間房顯是華霜為她準備，比起其他地方是多了些用心，也許是為了討好她，或知道她身為提督夫人，吃不得苦。拿來招待她的東西顯也是最高檔，這不能不引來閒言閒語，服侍她的姑娘前幾天雖笑，到了第四日，卻在關門後對旁人說：「也用得太好了吧，她是要住到什麼時候？」也不知是不是故意讓她聽見。她是習慣冷言冷語的了，這次卻讓她憤憤不平。

她可不是自願待在這裡的。

她對外面時局一無所知，別說華霜，在那之後連老者都只見過她兩次。第一次是在第五天，老者忽然來，說勳兒被竊的事似乎未引起騷動，足見提督打理得好。但這事拖不了多久，等皇帝下令殺嬰，提督交待不了，誰都救不了他。露葦聽了又憂心起來，她撫著不熟悉的被褥，忽然湧上的孤絕感將她吞沒，她問：「若救出勳兒靈魂，你們要如何將我與勳兒的身體送回家？」

「俺們自有安排。」

「有件事我不敢問，卻只怕非問不可，勳兒就罷了，我是不是知道得太多？你們放心讓我回去？若要殺我滅口，不妨儘早，免得我提心吊膽的。」

老者笑：「恁說知道太多，也沒比狗皇帝多多少，對狗皇帝沒啥幫助，對俺們也沒多大損失。但俺給恁一個忠告，這裡的事，出去後一個字也甭說，不是俺們怕你說，而是俺們龍痕的事，那狗皇帝本就不願一般百姓知道，恁要是多口，招惹了狗皇帝疑心，那可真不會有好下場，俺們也救不了恁。」

露葦聽後安心了些，但老者問她是否要讓他們取出勳兒靈魂，她又猶豫。她知自己別無選擇，要守著努力掙到的生活，犧牲已在所難免。但她不明白，這麼明擺在眼前的事，為何老者和華霜要讓她考慮，甚至連要不要取出勳兒的靈魂都得讓她同意？

那天晚上她細細的想，月光從窗外射進來，赤裸裸的白，她著迷般地從窗戶往外望，才發現那不是月光，而是霓虹燈，一下庸俗了不少。飛蛾在燈下飛舞，彷彿在尋找能停下的地方。雖逆著光看不清楚，飛蛾翅膀上斑斕醜惡的花蚊卻在她想像中具體起來，鮮明而令人心驚。

她這可想明白了。若保住勳兒，提督是死定了，她卻又如何？娘家是回不去了，就算帶著勳兒，也只能浪跡天涯——

浪跡天涯？她能去哪裡？也只有這裡了。待在龍痕，至少生活有保障。她忽然想通，難怪這房間擺設得比較精緻，原來華霜希望她長住，所以他們才配合她、等她，他們希望她為了勳兒留下。之所以不明說，便是賭在她的母愛上。

母愛？

她忽然感到荒謬，彷彿離開了身體，自旁冷眼打量自己。不知何時，飛蛾自燈下消失了，忽又啪的一下貼在窗外，裸露著肥滋滋的蟲腹。露葦沒被嚇到，沉浸在恍然大悟的澄澈感中。她摸著自己小腹，想像子宮裡孕育生命，但那生命早已自她身上剝除。勳兒已是個獨立、被隔絕的他人。他依賴著她，卻不屬於她。懷孕之初她是喜悅的，但現在只剩下對分娩的恐懼，她那荒唐而年輕的愛，都在劇烈的痛苦中消磨殆盡。

她對勳兒有某種執著，但她不確定那是母愛，或只是單純的不甘。是不是為了逃避下一胎，她才不得不寄望著他，這讓她的愛帶著咬牙切齒的怨恨，卻也因此打磨得完美無瑕。

悄無聲的，蛾飛去了，露葦望著窗，廉價的光線照著她半邊臉，慘白而幽冷。隔天，她找了人說要見老者，對方愛理不理，讓她說了些重話。她很清楚，她越是待著越沒地位。此地不宜久留，便也不必顧慮什麼顏面了。

稍晚些老者出現，露葦沒看他，她將勳兒放在床上，摸著他細到驚人的頭髮說：「我決定了。」

「是嘛，恁說吧。」老者早知她是要談這事，也沒特別意外，露葦說：「把我和勳兒送回去吧。我讓你們救他的靈魂，之後該怎麼辦，也交由你們指揮，反正我作不得半點主。」

她本以為老者會表示遺憾，但老者垂下肩，只說了句「是嘛，那也是好。」，倒像鬆了口氣，露葦悚然一驚，領悟到老者也不希望她留下，除了華霜，誰也不歡迎她。她不禁抱起勳兒，問：「華霜呢？他在哪兒？」

「他這兩天便會回來，甭擔心，他說在恁離開前，一定會見恁一面。」

「他一回來，我便得離開？」

「這嘛，要讓恁回去，得安排一些事，不急一時。恁急著走？那可抱歉，俺們這邊也有許多麻煩，沒這麼方便。」老者邊說邊坐下，表情看不出虛實。露葦咬著下唇，心中又有許多盤算。她說：「他倒是忙，將我帶來這裡，卻不曾好好招待。我也不是怨他，但突然知道他活著，卻還是聚少離多，心中不能沒有遺憾。」

「俺明白，不過他倘若回來，就算俺不來通知，他也會立刻來找恁，這點恁甭擔心，華霜挺眷戀恁的。」老者說，露葦微微笑：「真這樣就好了。不過我有個請求，你們說會將靈魂取出，聽來還是太玄，我有些不安，能親眼看看嗎？」

這話倒是不假，她到此時還不太能信。就算華霜換了身體，靈魂要如何取出？如何替換？難以想像。老者沉吟著，顯無法即刻答應，露葦摸著勳兒的臉：「我才當了三個月母親，無論將勳兒的靈魂換到哪一個身體，我恐怕都認不出。要是不清楚你們怎麼做的，就算以後將勳兒送還，我也會一直懷疑這孩子到底是不是勳兒。那我等於是永遠失去他。」

「呀，也罷。」老者站起：「跟俺來吧，恁是有資格知道。」

他走出房，跟外邊的人打聲招呼，便要露葦帶著勳兒跟上，露葦照辦了。他們轉了幾個彎，來到之前不許進入的地方，一路上，人們看她都帶著警戒，她不敢亂看，始終頭低低的。

老者來到一扇門前，門前坐著歪著臉的男子，他見了露葦，臉上的表情意義難辨，他對老者嘀咕幾句，老者也悄聲回話。露葦只作沒聽見。不一會兒，老者打開門，示意她進去。

那房裡像是倉庫，一扇窗也沒，露葦走在前，見裡面擺了大大小小的櫃子，仔細一看，竟多是藥櫃，抽屜上藥名已被撕去，取而代之的是英文與阿拉伯數字組成的編號。

「這些是？」

老者拉開一個抽屜，取出一只小玻璃瓶，裡面有滴淡橘色的液體，晶瑩有如果汁，又像是膿與血混在一起。露葦已心中有數：「這就是……靈魂？每個藥櫃裡都收著一個？」

她環顧四週，這房間很小，但光論抽屜，恐怕已有上百個。她想像現在有百來人與他們一同站在這狹窄的房內，便覺得荒謬。老者說：「不，這些抽屜都編了號，但還未放滿。恁孩兒的靈魂……俺看看……會放在A-67。」他翻著一本線裝簿子說。

聽勳兒被化約成一個編號，露葦總有些不快：「你們要怎麼做？」

「俺可以示範——現在做成嗎？便是將恁孩兒的靈魂——」

「我想不到什麼耽擱的理由。他在我懷中多一刻，也不會減損我要失去他身體的恐懼。所以……我不知道該怎麼做，就交給你了。麻煩了。」

老者接過勳兒，也許是有某種預感，勳兒大哭起來。「別哭、別哭。」老者逗著他，他當然沒停歇。老者撫著他的臉，忽然，勳兒的哭聲消失，動作也停了下來，像滑稽的照片。露葦驚奇地問：「太陽功？」她想起華霜曾用太陽功讓她說不出話。

「不，俺這是太陰功。」老者笑笑：「俺不會太陽功，只有身帶王命的人，才能同時修行太陽功與太陰功，俺可不成哩，要是勉強修習，會經脈盡斷。」

「這麼說來，聖上他……」

「那狗皇帝要是會太陰功，直接看到天命，也甭搞大屠殺了。」老者冷笑：「放心吧，太陰功是俺們的不傳之密。就俺所知，當今天下只一個陰陽雙修之人，便是華霜。」

華霜這麼了不起嗎？若真這麼了不得，怎不直接攻入聖上住的海珠城？她正待問，忽見勳兒額間浮現一顆紅痣，那痣無預警地大了起來，像滴晶瑩剔透的血，接著顏色漸變，彷彿黃色的沙自裡面湧出，最後變成死板的橘子色。露葦屏住氣，覺得自己正看著不該看的東西，不安與好奇一齊湧上。老者拿個小瓶抵在旁，一下便收了進去。他說：「俺解開太陰功後，恁孩兒的身體還活著，恁還是要給他餵奶。但他沒了魂魄，不會哭鬧提醒你，別忘了。」

露葦怔怔接過，動兒的身體又柔軟起來，也是溫熱、安靜的，摸起來和之前沒有不同，一樣觸動她的愛憐之心。她看向小瓶，知道「動兒」已不在她手上，在那瓶中，將成為A-67。

「這安全嗎？如果瓶子破了的話……」

「恁可安心，這瓶子可堅固哩。就算破了，魂魄絕不溶於液體，也不會分裂，既不會蒸發，也不會凍結，俺們還不知道有什麼消滅魂魄的手段，所以就算落出，收回來便好了。俺們要藏匿魂魄，有時也會將它放在顏色相同的液體中，絕對看不出來，事後用篩子濾出來便可。」

「那他的靈魂……怎麼換到別的身體裡？」

「很容易，飲下便行了。」老者將小瓶放入標著A-67的抽屜。

「飲下？這麼簡單？」露葦大感意外，她本以為更複雜：「那要給動兒的身體是怎麼來的？那身體裡原來的靈魂呢？」

「方法多著哩，蘇州河旁的貧民區，多少孩子餓死，要身體，繞一圈便有。要好一點的身體，俺們也有手段弄到，甚至要讓別的達官貴人代恁養孩兒也成，有醫生是俺們的人，只要假借健康檢查，將恁孩兒的魂魄附上便行。恁孩兒這魂魄的顏色，雖無王命，也算上品了，越上品的魂魄，越能成功爭奪身體。」

老者講得順口，露葦卻有些反胃，她不欲看老者的臉，偏過頭去，一個個編號映入眼裡，讓她恐懼暈眩。她說：「所以，這邊這麼多人都失去了身體，他們都在等待另一個身體……」

「咳，恁也許難以接受，但對俺們來說，這是必要的。」老者站到露葦身旁，嘆道：「太陰功是俺們勝過那狗皇帝與黃衣衛之處，不得不善用，而且就算死了，只要未死太久，還可以用太陰功取出魂魄。只要找到另一個身體，俺們便永遠不死。」

露葦不知該怎麼想，她抓著自己的手臂，彷彿房裡冷了起來。她問：「華霜也是，對嗎？如果他死了，你們也會為他找新的身體。」

「當然，他可是將來要成為王的人。其實除了最初的那個，華霜已換過三個身體，他同時將太陽功、太陰功修到極致，但沒多少身體經得起他這樣用，俺們本就一直有為他物色身體。他帶著王命，只要飲下，任何身體都只能屈服，更別說他陰陽雙修，已洞察天地根的一切，要奪身體主導權直如探囊取物。」

「但他死時，你們不在怎麼辦？」

「俺們當然會盡可能避免，就算當真發生……至少這次帶著王命的孩兒，俺們已找著了。」他見露葦沒說話，連忙說：「俺們當然不會捨棄華霜，他受過俺們訓練，是理想的王，找這有王命的孩兒只是保險而已。」

露葦心中五味雜陳。華霜幾乎不會死，她該為他高興嗎？但她只是想——華霜，你到底經歷了什麼？她覺得華霜所處的世界離她太遙遠了。她表示累了，要回房，老者領著她離開。露葦回房後將勳兒放下，她還是沒有勳兒靈魂已不在這兒的實感，這時老者的聲音從身後傳來：「夫人，有件事希望恁別誤會。」

他聲音帶著豐富的感情：「可以的話，俺像華霜一樣希望恁留下。只是……華霜將來要成為王，他也一直很好，但帶恁來這裡後，俺是第一次見他失了方寸。他從沒任性過，俺讓著他，但俺們多少都有些不安。」

露葦摸著勳兒的頭，心裡微微顫抖，她想，那關我什麼事？但她回過頭時臉上已掛著體貼的笑：「我明白，沒關係的。我是華霜的姐姐，怎會不識大體？」

她覺得這話諷刺極了，老者卻當她是真心，滿意地離去。這日露葦心情極為平靜，她照顧勳兒，驚訝於他還能吮自己的乳頭。入夜後，宅裡雖有人聲，她卻無半點關心，甚至燈都不開。

華霜便是在這樣的夜晚回來的。

5.

「姐姐，聽說你決定回提督府？」

華霜問這話時，月光照在他臉上，安靜地與他右臉嵌合，他站在院子裡，看來有些卑微，像蜷在院子角落的野草。那不再是具威脅性的臉，甚至溫柔得令人心傷。

「是啊。」露葦回話時，站在他幾步之外，一種彆扭的生份。這消息該是老者說的，不用親口解釋，讓她鬆了口氣，也有些失落。華霜默然，勻勻地呼吸著，他轉過頭，笑容帶著些俏皮：「沒關係，等我們推翻了狗皇帝，我便去接你。」露葦低頭不應，她不知自己是否期待如此。如果華霜更平凡地活在某處，她一定會真心為他活著而開心，但現下她不肯定了。

見她不語，華霜忽伸出手：「來。」

「什麼？」

「在這裡這麼多天了，很氣悶吧？既然你要離開了，我帶你出去走走。」他有些靦腆，卻又期待著的神氣，像極了孩子。露葦猶豫：「可以嗎？如果我走出大宅，不就知道這是哪裡了？你不怕我曝露你們的秘密？」

「姐姐不會這麼做吧？」華霜好氣又好笑，他說：「而且姐姐也不用怕知道這裡是哪兒，來，閉上眼，握住我的手。」露葦踟躕了片刻，便闔眼伸出手，她是好久沒被弟弟撒嬌了。在碰到華霜手的瞬間，她忽然身體一輕，向上飛起。

「呀！」

「別睜開眼。」華霜說：「別怕，我是太陽功的高手，不會讓你掉下去的。」他雖這麼說，露葦還是害怕，感覺命懸他人之手。但她的生命中也有幾次身不由己，不一會兒，她平靜下來，彷彿浮在水裡，不知上下天地，也不覺得會下墜。她已不再恐懼。

「可以張開了。」華霜似乎便在近處。

她睜眼，上海城在她底下遙遠處展開，就像一串串珍珠，從最漆黑的海洋中升起，在月光中顫抖、慟哭。那是一種悽厲的榮華。這便是全世界最輝煌的城市。她飛在空中，華霜在她身邊，微微笑著想討她歡心。她問：「你怎麼做到的？」

「我不是說了？我是太陽功的高手。」

「太陽功做得到這種事？」

「騰雲駕霧不難，難在要帶著無法控制氣的姐姐，所以待會兒我們得滑翔一段距離。但姐姐你別擔心，一切都交給我吧。」他帶著她飛，露葦十分新鮮，她是搭過飛機去幾個大城市，但與這感覺完全不同。

「上海發展起來，說來也不過兩百年。」華霜徐徐說：「在狗皇帝篡位前，上海雖繁華，卻也沒這般Barocco。等那狗皇帝推翻大順，恢復大明國號，在上海建了海珠城，立為首都，才發展成這樣。但這些都是順著狗皇帝的意，姐姐你要是去過New York或London就知道，那裡的發展是自由的，可上海不同，這裡只是狗皇帝的畫布，他一點一滴完成他的想像。他在Akademie der bildenden Künste Wien求學時，畫過好幾幅他想像中的上海，你不會相信那與現在的上海有多像……至於為了完成這幅畫，他犧牲了這城裡多少事、多少可能，就更難想像了。」

露葦從不知道聖上在國外留過學，聖上是天子，不該是天上降下來的嗎？念及於此，她才發覺聖上的一切都是謎。她在Television上見過他，知他是個時髦的成熟男子，卻憂鬱而羞赧，出席國際慈善晚會時，穿了最體面的Armani西裝，上過時尚雜誌封面。他作為跨年晚會特別來賓，一身華緞繡龍袍，龍的鱗片是漸層的淡青色，底色則是水融融的艾綠，剪裁有著Paris式的筆挺，眾所矚目卻不俗豔——而他依舊是羞赧而低調的。

她曾驚訝，這便是下令大屠殺的人？她只從鏡頭上瞭解他，當然，她怎可能瞭解聖上？他可是天子。媒體上他天天出現，他的內心卻是隱者，深鎖在重重的海珠城，那東西合璧、孤芳自賞的宮城。

那離他們越來越近的宮城。

「華霜，你要去哪？」露葦有些緊張，她朝華雙伸出手，華霜卻避開：「姐姐，現在先別碰我。我催動太陽功時，姐姐碰到可能會受傷的。」

「好罷。但你要把我帶向海珠城？」

「別擔心，要看上海夜景，沒有比海珠城更好的地方了。姐姐知道海珠樓吧？六十六層樓高，但除了觀景外別無用途。那狗皇帝不會天天去的，不用怕。」

「你要我怎麼不怕？海珠城裡可是有黃衣衛的啊！」

「姐姐，你信我嗎？」華霜的聲音在風裡沉穩而悅耳，他的眼神自信，卻帶著些微悲傷：「這麼多年來，我一直在想，等我推翻了狗皇帝，便去找你。所以就連你成親，我也無法祝福，連那狗皇帝要殺你兒子，我能做的也有限。但我見了你的面，就想讓你看看我能做到什麼。我說要推翻狗皇帝，那不是空口白話，我已不是當年的小孩子了。」

露葦還欲再說，心裡狡猾之處卻盤算起來，這該說是求生本能，好歹她也在修羅場中打過滾。她說：「我也不知該多信你，華霜。我想相信，但我更知黃衣衛的可怕，你多瞭解海珠城？你能保證進了海珠樓沒事？」

「放心，我不是頭一回進海珠城了。」華霜笑：「我們來過好幾次，所以很清楚，無論怎麼聲東擊西，狗皇帝跟十二個黃衣衛都不會離開內苑，三大營也不會進內苑。這倒也合理，正常情況下，有六個太陽功高手便天下無敵了，即便西方最新穎的武器，也未必能傷他們分毫，三大營的人進來，反人多有亂。」

他說的正如露葦所想，她在Television上見過黃衣衛展示力量，他們合作起來，連Missile都擋得下：「既然如此，你又如何是他們對手？」

「我們不會遇上他們。剛剛不是說了？黃衣衛絕不會離開內苑，只會守在狗皇帝旁，只要一點騷動便如此，屢試不爽。過去黃衣衛還會在內苑裡找出造成動亂的人殺掉，現在已不這麼做了。」

「為什麼？」

「因為我出現了。」華霜靜靜地，溫柔地看著她：「到現在為止，我已殺了八個黃衣衛，有次還是以一敵三，所以他們也害怕落單了。很明顯，既然內苑除了狗皇帝外沒什麼要保護的人，那聚在一起才是聰明的。」

露葦內心憾動：「當真？」

「我沒必要騙姐姐吧。」華雙做了個鬼臉。

「但……黃衣衛不是十二人？若你殺了八個，不就剩四個黃衣衛？」華霜苦笑：「大家都以為黃衣衛只有十二人，其實他們還有二十幾人。今天哪些黃衣衛留在內苑，是排班的結果，否則一整年都不出內苑，太氣悶了。之所以對外只公開十二人，是因為狗皇帝要讓大家以為黃衣衛是仙人，仙人當然不會死。既然如此，若有黃衣衛死了，總要有人頂替著，這也是為何在Media上，總不會特寫黃衣衛的臉。」

露葦聽得心驚，卻又覺得華霜講得合理。這時他們已飛至海珠城上空，城裡燈火輝煌，像袖珍的寶石盒。海珠樓從側面拔起，鑲貝的材質被晚燈照出一圈圈七彩的環。華霜抬起手，「咻」的一響，什麼東西飛出，接著沉悶的鐘聲響徹海珠城，一瞬間海珠城像靜止下來，什麼聲音都沒了。

露葦嚇了一跳：「你做什麼！」

「剛才不是說了嗎？只要一點風吹草動，黃衣衛便不會離開狗皇帝。現在海珠樓安全了。」華霜帶著她飛起，但露葦心有餘悸，她可以感到本來在海珠城生活的人都因為那聲鐘響停下。他們知道是龍痕的人做的？就像人們恐懼聖上的威儀，海珠城裡的人也害怕龍痕？

她忽然覺得，也許華霜確不是口說無憑。

他們到了海珠樓頂觀景臺，這上頭高處不勝寒，但居高臨下，也讓人覺得彷彿大權在握。華霜將自己的罩衫披在她肩上：「對不起，姐姐，這幾天都在忙，沒機會跟你見面。我們龍痕裡出了叛徒，這幾天就是在忙這事……何等可笑，我們的所做所為，不就是為了不讓狗皇帝繼續造成傷害，卻有人貪圖一時的好處叛變！」

露葦拉緊罩衫，她是明白人何以能為著好處貪圖什麼的，心中五味雜陳。她問：「那你找到了嗎？」

「找到了，也處置好了。」

「……殺了？」

「我像這樣的人嗎？」華霜苦笑：「只是將魂魄取出來，等我們革命成功後，便將魂魄放回去。」他聲音有種堅定的力量，彷彿革命成功在即。露葦撇過頭。她不是不信華霜，但華霜展示的未來，還有那句「我去接你」在她心底迴響，以一種恐怖的低音頻率。

她雖感動，卻也抗拒。但華霜是不會明白的……可她自己又當真明白？她很清楚，若真為自己好，便該厚著顏留在龍痕。這麼點風險，她也不是經不起，她畢竟見過人世間的險惡。笑臉下的暗潮，可比大風大浪兇險得多。但她決心回到原來的日子——男人是不會明白的。

「有件事我不明白，」露葦低聲道：「那天你遇著我，是來見我的，還是偶然？」

「是偶然。當然，我一直想見姐姐，但時候未到；那時我只是想看一下勳兒有沒有王命。我們中有醫生，他們也練了太陰功，一直透過接生與健康檢查來調查新生兒有無王命，但大官的孩子都在高級醫院出生，那裡沒有我們的人。知道帶著有天命的孩兒出生後，我們調查過的孩子裡找不到，所以帶著王命的孩子一定是大官之子，這才一個一個調查。」

聽他這麼說，露葦安了心。至少他不是有預謀地將她拉進他的生活。她說：「這麼說來，勳兒本來也有機會帶著天命。」

「可惜沒有。我那時也想，如果勳兒也有天命的話，白家的運氣也太好了吧。」

「或是太糟了。」露葦喃喃說：「無論是你還是勳兒，都受了不必要的苦。」夜晚的風襲來，她的頭髮在其中亂飛，她感到更冷了。華霜沉默著，忽然問：「姐姐，你為何選擇回提督府呢？提督他……也許沒有姐姐所想的這麼愛你。」

他講得委婉，卻只換來露葦薄薄冷笑：「這不必你擔心。」

「所以說為什麼？」華霜有些激動。但露葦沒說話。她沒面對華霜，在她的想像中，他也許是一副受了委屈的表情，可她沒半點愧疚，她的沉默帶著些微的冷酷。不一會兒，華霜才說：「沒關係，我尊重姐姐的決定。反正無論推翻狗皇帝前還是後，我都不會讓姐姐受委屈。不說這個了，我說說加入龍痕後的事給姐姐聽，成嗎？」

他的聲音輕鬆溫柔到令人心痛。原來如此，露葦想，他確實有王者的氣度，受過良好的教育。念及於此，她倒有些感激將他養大的人，若他在白家長大，大概不會是這樣。

華霜說起故事。十一年前，他剛來龍痕時，怎樣都不聽話，想回白家去，但龍痕的長老們好說歹說將他勸下，他回去了一定會連累全家。在那之後，他知道了很多事，龍痕裡的人都待他很好，他漸漸知道這些人加入龍痕的故事，等時間過去，他也不想回家了，知道太多這個國家的真相，就回不去了。

從那時開始，白華霜便成了李鴻基。他開始學太陰功，並從黃衣衛的叛徒那裡學了太陽功。聽到這，露葦有些不安，想不到黃衣衛有叛徒。她問：「你跟我說這個沒問題嗎？」

「姐姐也不會到處說吧？」華霜笑。

多虧黃衣衛，龍痕裡的叛軍紛紛學起太陽功、太陰功，但學這兩套法術，卻是講天賦的，因此學道有成的終究是少數。華霜身帶王命，得以陰陽雙修，但即使如此，太陽太陰頻繁切換，還是將他的身體搞壞了。單挑三個黃衣衛那次，他以太陰護身，以太陽奪命，雖殺了敵人，當晚卻七孔流血，急急取出靈魂換了身體。

華霜講話時，因寒冷而吁出白霧，但他聲音低低的，彷彿就是那霧本身，一下便消散。他不只在國內活動，還去過Iran、Indonesia，也在倭國取得了資金與協助。他講的是多遙遠的事，全都是英雄事蹟，他不只是陰陽雙修的叛軍，也漸漸走出自己的格局，成為龍痕裡人人敬重的王。

露葦聽著他的故事，既羨慕，卻又想逃開。她是在觀眾席上聽的，一點兒不想走進故事。她並非不敢冒險——她怎不敢？出生到現在，她冒的險可多了，但她感到自卑的酸楚，正因如此，她才知華霜絕不可能明白。

她會成為提督夫人，不是坐著任人挑選，像太子選妃一般。從認識提督到結婚，不，就連遠在相識前，一切的一切都有著讓人提心吊膽的浪漫，只因棋錯一著，滿盤皆輸。為了攀上位高權重的單身男人，女人們在算計中廝殺，如果眼神能殺人，她早死了好幾次。

這是她的戰鬥。她熟諳此道，並以此自豪。她贏了，這才是讓她一次次在餐桌上確認自己勝利的原因。當她坐在提督夫人的椅子上，一切是妥妥貼貼的，能讓她帶著笑憶起她如何與情敵短兵相接。但若華霜革命成功，她輕輕巧巧當了皇姐，那又算什麼？

爭風吃醋已是她們女人在這個國家裡唯一被認可的戰鬥，甚至被男人取笑，但她還是搏鬥過來了。好漢不提當年勇，她若當上皇帝的姐姐，就連當年勇都提不了，甚至成為笑話。有誰會恨她、敬重她？她是不會與提督在一起了，但除了皇姐的空名，有誰會跟她結婚？

所以她決定回到提督身邊。

但這些該怎麼跟華霜說？華霜不會理解的。因為華霜經歷的是真正的英雄故事，誰都會為他喝采。她的呢？不換來一抹冷笑已是不錯。但那是她的生存軌跡，她的價值。因此，她希望華霜順利，卻又暗自祈禱他革命失敗，她掙扎著，甚至想若她在革命成功前死去就好了。

忽然，高談過去的華霜噤聲，露葦抬起頭，被華霜的表情嚇到。他的臉就像鐵打出來的，銳利而嚇人。她順著他眼神看去，卻不明白他見到了什麼。

「怎麼了？」她問。華霜指著下方海珠城內的一座大殿：「今晚黃衣衛有行動。我真傻，怎沒注意到？那是黃衣衛待的地方，十二個黃衣衛在內苑，剩下的則在那裡，但現在裡面卻只有一兩人，這絕不尋常。」

其實露葦沒見到人，她反詫異華霜怎見得到，這兒可是六十六樓啊。華霜看向另一方向，臉色大變，他抓住露葦的手：「不好！」

「什麼？」露葦心慌，她看向華霜注目的方向，不禁呆住。只見城市上空懸著一片妖雲，隱隱閃現雷光，流沙般地緩慢迴旋。她見過類似的畫面，脫口而出：「那是……黃衣衛？黃衣衛要用仙術了？」

「那是我們總舵的方向。」華霜咬牙切齒，露葦大驚。只聽「轟隆」一聲，雷霆劈出雲層，彷彿撕裂了人們的命運，血淋淋地。

6.

華霜以最快的速度帶著露葦滑翔回去，這次華霜沒有太溫柔，讓露葦頭昏想吐。但還沒到宅子，他們便聽到槍聲。黃衣衛是不用槍的，露葦緊張地說：「是神機營！神機營也來了。」

華霜沒說話，但他們都想到了提督。中途雖有人朝他們開槍，但他們飛得太快，不受影響。華霜飛降到院裡，一聲槍響，他早有準備，子彈停在空中。他說：「是我，別開槍！」幾個人從暗處出來，有人手上拿著槍，有人則拿著長棍、短刀，其中甚至包括未成年的孩子。

「是華霜！華霜回來了！」

「你到哪裡去了？他們來了好幾個黃衣衛，好幾個！我們根本來不及……」那人說著便哭了。華霜沒回答他的問題，他問另一人：「長老們呢？鄭大哥，麻煩說一下狀況。」

「長老在前面用太陰功對抗黃衣衛，」那名瘦小，眼神有些兇狠的男子說：「不過神機營的人也來了，他們有人數優勢。我們殺了好幾個神機營的人，剛剛聽鄧大爺說，不只神機營，警察也出動了，他們把四周包圍，就算有援軍也進不來。」

「好，我去前面對付那些黃衣衛。鄭大哥，你去協助右後門，告訴他們我回來了，請你指揮那邊。小郭，你去左後門。傳我命令，有機會就逃，逃出去的人在南京分舵見。」

「要放棄這裡？」

「既然被他們知道了，就非放棄不可。但不會是這一戰。這一戰，我要他們付出代價。你們不用勉強，不用死在這裡，走吧！」華霜下令，眾人便各自散了，華霜牽著露葦的手進一間房，他掀開牆上的伊斯蘭掛毯，後面有間密室：「姐姐，你先躲在這裡，從裡面關上，外面絕對打不開。」

他說著便走，露葦抓住他：「你呢？」華霜鎮定地說：「我去去就回。」露葦急了：「你瘋了嗎？殺三個黃衣衛你身體就受不住，這次可不只三人啊！」華霜勉強笑，推開她的手：「我有義務。」她不讓他走，又拉著他：「你沒聽過留得青山在，不怕沒柴燒？你從這裡逃出去，我身為提督夫人，也許能幫你。」

華霜苦笑：「留得青山在，卻要留多少青山才夠？黃衣衛死得越多，能逃出去的人越多，只有我能勝任這個工作。別擔心，姐姐，我不會死的。」他要走，露葦一時還不放手，他們四目相對，焦躁的情緒在他們間升起。接著華霜笑了。

「姐姐還記得小時候我們一起去看滬劇？」華霜問，露葦一怔：「什麼？」華霜說：「那時我覺得他們身段真好看，就連拉扯也優美。」他做了個推的動作，再做了引的動作，似在緬懷那段時光，接著將露葦的手撥下：「我會回來的。」

這次他真的走了，露葦徬徨不安，茫然將門扣上。她真希望華霜放棄革命，但她知道華霜不可能放棄，就像她不會放棄。她在密室裡待了片刻，慢慢冷靜，忽想到自己不該躲在這。她應該走出去，不是嗎？神機營的人識得她，再怎麼說，提督還想再生一個孩子，不會棄她如敝屣。甚至華霜該架著她出去，以她作人質！

華霜竟沒想到這點，太傻了！露葦暗自氣惱。但她不怪他，事出突然，她一時也沒想到。她手搭在鎖上，又猶豫了，便將耳朵貼著門，只聽外面每隔十幾秒便有幾聲槍響，還有陣陣吆喝。不料龍痕竟撐了這麼久，看來這大宅是設計成利於守備的。

就算神機營的人認識她，真的都認得？龍痕的人呢？就算認得，也難保不被流彈所傷，也許待在這裡才是安全。才剛這麼想，她忽然心頭撼動。

勳兒呢？

當然不是他的身體，是靈魂——這一仗，龍痕非敗不可，連華霜也說要放棄這裡，那些靈魂怎麼辦？她不安起來，也許在華霜回來前已有人處理了，也許之後華霜便派人處理了，但如果事發突然，他們不及處置呢？

不該有這種事的。但她腦中千迴百轉，總害怕哪個環節出了意外。她決定等半小時便出去，卻怎麼也坐不住，一分一秒，都如幾個時辰經過，最後她開門，側耳傾聽，等槍聲停了才動，一聽到槍聲便停下。

但她根本不知那放滿藥櫃的房間在哪兒，她只知從當初的房間怎麼去，卻不認得這裡，只能在宅子裡摸索。為了防守，宅裡的燈全暗了，只靠月光照耀。一路摸去，她沒怎麼見著人，有幾個似是龍痕的躲在暗處，見了她，都尷尬地裝作不見。一個院子裡躺了好幾個屍體，明顯被太陽功橫掃過，有些屍體化作焦炭，有些被拋到屋頂，有個人掛在長矛上，矛頭穿過肩胛，從右臉穿出，在月下顯得血腥恐怖。一個黃衣衛被撕成兩半，道袍上染滿了血，內臟露出，斷掉著下體滑稽地張開，竟是死不瞑目。

是華霜做的嗎？露葦有些心寒。她耐著反胃感向前，不時聽到動靜而停下，她應該沒走多遠，卻覺得自己走了好久好久。她有些後悔了，卻無法放下勳兒。她過了個轉角——

「喂。」

露葦驚呼，嚇得跳起，定睛一看，竟是名黃衣衛！他有著西方面孔，相貌俊美，被一柄長矛插在牆上，下半身染成黑色，都是血腥味。到底是怎樣的力道才能像這樣把他釘在牆上？不遠處倒著另一個黃衣衛的屍體，那黃衣衛被電焦，還冒著煙，分明不久前才死在太陽功下。難道這也是華霜做的？若是如此，華霜怎會留牆上的黃衣衛一命？

「你……是白露葦……華霜的姐姐？」那黃衣衛痛苦地說，露葦一驚，戰戰兢兢地走近：「你怎知華霜的名字？啊……莫非你便是華霜說的，黃衣衛裡的叛徒？」她忽然明白了，這裡的黃衣衛是自相殘殺而死，說不定剛剛截成兩半的，也是此人所為。

「華霜……這也跟你說了？」黃衣衛苦笑：「也罷，我……活不成了，你……知道靈魂放在哪嗎？把I-2拿走……那是……有王命的靈魂，你是提督夫人，他們不會……懷疑你。」他視線開始渙散，露葦手足無措：「你沒事吧？我等下見了提督，便叫他來救你。」

「不、用……這身體……沒救了。你若見到華霜，叫他取我靈魂……」他聲音越來越低，露葦扶著他：「先別死！我不知道放靈魂的地方怎麼走，先告訴我啊！」黃衣衛蔚藍色的眼睛望向她，像天邊消逝的明星，冷汗從他的髮梢滴下，鮮血湧出嘴角。

他將存放靈魂的位置告訴露葦。

露葦急急趕去，終於見到了熟悉的門，歪著臉的男子仍坐在門前，他拿著槍，一見露葦表情就變了，但這表情是何意義，她仍不明白。露葦匆匆告之自己要帶走勳兒與另一個有著王命的靈魂，身為提督夫人，也許比這裡的所有人都安全。那男人沒說話，露葦擅自開門，他也沒阻止，她便當他允了。

A-67，接著是I-2。她一看，I-2的瓶子是特殊的，有如藝術品般雕了龍紋，有種多餘無用的荒謬感。但裡面的那滴靈魂，黑暗中看不出是何顏色，她卻覺得有琥珀般的漂亮光澤。她把玩著瓶子，旋轉它，靈魂在裡面咕溜溜地滑動，不知怎地，當真有種高貴不可侵犯的氣象。

她忽然有點嫉妒，為何勳兒沒有這樣的天命？

外面又傳來槍聲，她嚇著了，連忙出去，那歪臉男人見她離開也沒說話，仍靜靜守著門。從這裡的話，她便知道自己待過的房間怎麼走了。她得將勳兒身體帶走。她希望自己再次見到提督時，看來是個母親。

她循著記憶回去，這時宅裡風聲鶴唳，槍聲雖沒這麼頻繁，但露葦就是知道有人在。在裡邊、在外邊，一片安靜的肅殺。更遠處傳來幾聲吶喊，帶著絕望與哀淒，卻也是無關痛癢的。露葦撫著貼身口袋裡的兩個小瓶，心中只愛惜著自己。

她小心翼翼。

到了還差幾個轉彎處，牆的對面有個大的院子，她來時見過。不知為何，院子竟微微有光透出。整座宅裡就這麼個地方有光，讓她有些疑心猶豫。但不經過那裡，回不去勳兒身體旁。她安慰自己沒事的，悄悄走過去，抵著牆，透過拱門朝院裡張望。

那裡的場面，她一生也忘不了。

華霜站在院子裡，旁邊三個黃衣衛圍著，地上躺了兩個黃衣衛的屍體，一個倒在盆栽旁，全身是血，也不知怎麼死的，另一個身首異處。院子裡點了好幾盞油燈，已是電氣時代了，竟還有這麼古老的擺設。油燈使華霜的影子以腳為中心分散出去，有如向外綻開的蓮花，隨著風搖曳的。

為何這裡點著燈？難道是華霜點上的，為了將敵人引來？之前聽說龍痕的長老在前面抵擋，現在黃衣衛卻已到此處，是長老已被殺了，還是華霜救了他們？露葦心裡盤算，知道該繼續前進，但她有些被迷住，竟想見見華霜的本事。一下子就好了，她想，不差這一下子。

華霜看來無傷——身上卻濺滿了血。這角度看不到他的表情。奇的是，黃衣衛沒出手，華霜也沒出手，他們只是繞著，動作既小心又緩慢，而且無聲。裡面的時間像是慢了，而他們則像表演某種奇怪的Theatre，既具現代性，也具儀式性。

一種安靜而貼近死亡的舞。

這時露葦注意到對面窗子也躲著一人，她定睛一看，心中大駭。是提督！她連忙躲起，卻又忍不住探出頭窺視。陳提督也像她一樣躲著，卻沒注意到她，正監視著這場戰鬥。

其他神機營的人呢？她有疑慮，但一轉念，便覺神機營的人不在也合情合理。華霜修練了太陰功，比練太陽功的黃衣衛更擅長守，若打起來，黃衣衛還要顧慮哪兒來的流彈，反更加不利。

在她思考時，一名黃衣衛忽抬起手，他一動作，其他兩名黃衣衛也抬起手，雙手迴盤，像太極拳的動作，這一連串動作發生得極快，讓露葦心中一緊。只見最初抬手的黃衣衛掌間竄出火燄，猛然照亮庭院，熱氣逼出拱門。

但華霜轉了半圈，手連動也沒動，火燄竟自熄滅。黃衣衛們不驚不怒，表情不變，繼續繞著華霜。一切仍非常安靜。

露葦忽然懂了。

太陰功的究竟是「谷神不死」，所以華霜絕對死不了，而且太陰功能抵消太陽功的法術，黃衣衛拿他沒辦法，除非——

華霜為了殺他們，運起太陽功。

之前華霜為了殺黃衣衛搞壞身體，就是因為太陽功、太陰功快速切換，這表示他不能同時運行太陽、太陰二功，黃衣衛跟他交過手，一定明白這道理。所以剛才的試探，只是為了逼華霜出手；只要華霜一運太陽功，他們就有機會殺他！

念及於此，露葦不禁躲得更仔細。要是黃衣衛發現她，沒準會拿她當人質，逼華霜運行太陽功。但才這麼想她便覺得可笑。除了龍痕的人，沒人知道她們的關係，她何需害怕？

忽然空氣裡響起聲音。

她一看，只見一枚錢幣被拋向空中，油燈的光照得它亮晃晃的，是有些可愛的光澤。華霜拋起了那枚錢幣，他先出手了，但那些黃衣衛們都不明白他為何拋向空中，他們警戒著那枚錢幣，接下來的事，都只是一剎那的。

「咻」一聲，那錢幣忽化為子彈，朝最遠的黃衣衛射去。那黃衣衛連忙催動太陽功彈開它，硬幣軌跡在兩股力道拉扯下轉為奇妙的弧形，瞬間被拋向遠方。但「拉」那枚錢幣所運的太陽功只需一下，與此同時，華霜已朝最近的黃衣衛欺近過去，那黃衣衛要用太陽功推他，卻發現太陽功失效，臉色大變。改運太陰功的華霜到他面前，一拉他的手，如跳Jitterbug般轉到他身後，那黃衣衛還沒回過神，另一名黃衣衛招來的雷霆已劈到他身上。他防無可防，閃無可閃，因為華霜碰到他時已癱瘓他的太陽功。

「嘎啊啊——」淒厲的哀號。不小心傷到同伴的黃衣衛痛罵了聲「Shit！」，還不及反應，那冒著煙還在顫抖的屍體已朝他飛去。他運功擋住屍體，華霜趁機衝向另一名黃衣衛。那黃衣衛大驚，慌亂中仍知不能硬碰硬，直接用太陽功飛起。可華霜不讓他走，抓住他的腳，運行太陰功抵消他身上的太陽功，將他拉下。

「操你媽！」用太陽功撐住屍體的黃衣衛，將屍體朝華霜丟去，勢頭有如列車。但華霜太陰功神通廣大，那屍體初速極快，卻在接近華霜時緩了下來，不是失去力道墜下，它保持原先的軌道，只是飛入凍結的時間。

跌在地面的黃衣衛慌張掙扎，想要站起，華霜卻抽出匕首，用膝蓋抵住他，匕首送入心臟。黃衣衛一陣抽搐，怎麼也想不到自己是這麼死的，有太陽功時，他多神通廣大，有這麼多變化可用，神通無敵。他們是有些依賴太陽功了。這時焦屍有如靠岸的船，輕輕抵達華霜身邊，他隨手一撥，滿頭大汗地站起，面對最後的黃衣衛。

一對一。

從華霜出手開始，才過了十秒。黃衣衛張開口瞪著華霜，胸膛起伏，難掩激動。華霜聲東擊西的手法太過有效，但若非攻其不備，時間拖長對華霜絕對不利。華霜擺了優雅而戲劇性的手勢：「接下來就用太陽功比拚吧。誰棋高一著，誰就活下。」

他雖故作姿態，露葦卻怕他只是逞強。他已快速切換太陽功、太陰功數次，說不定身體已受影響。黃衣衛冷森森地說：「好！」

他們看著對方，緩緩踏著步伐，最後的生死之戰有如悠揚的笛聲。院子裡沒有火燄，沒有雷霆，只有風，那是他們將太陽功運到極致產生的風，現在這空間裡充滿了Atom旋轉產生的氣，雙方不斷刺探，要找到對方空隙，一擊致命。

然後提督出手了。

現在華霜無法運行太陰功，又沒注意到他，提督等到了這千載難逢的機會，真是運氣！他舉槍對準華霜，露葦看在眼裡，暗自焦急。她該提醒華霜嗎？但這一提醒，她與提督的緣份便算盡了——那可是她千辛萬苦才建立起的緣份吶！她猶豫著，身子不由地向前探了些，她看著提督，竟與提督對上視線，提督一怔。

「碰」一聲響，也許提督是見到露葦分心了，這一槍竟掠過華霜身邊，沒射中他。華霜吃驚，在太陽功的比拚中落了下風，一時腳站不穩，竟向後飛去。提督趕到露葦對面的拱門再開兩槍，卻因華霜被震退，子彈又擦身而過。莫非便是身帶王命，竟讓他屢次逃過劫難？

黃衣衛見狀，立下殺手，瞬間烈燄焚燒，熱流竄出。華霜淒厲地慘叫，撕裂了露葦的心。但黃衣衛是大意了。下一瞬間，華霜已從團團的火舌衝出，黃衣衛用太陽功推，卻忘了華霜能毫髮無傷，必是運行了太陰功。華霜哪等他回神？手中匕首已刺進對方咽喉。

黃衣衛全身一震，似乎想說什麼，卻只睜大了眼倒下。提督朝華霜連開三槍，黃霜改運起太陽功，子彈中途停下，被丟向天空。提督怔怔看著，似在猶豫該不該逃，接著「啪」的一聲，他的槍被華霜用太陽功奪下，滑行到露葦身邊的拱門，露葦藏起來，只作不見。

但提督沒放過她，大聲喊道：「露葦！撿起那把槍，殺了他！」竟要將她捲入這危險中，露葦一陣氣瑙，這男人怎如此無用？若視若無睹，以後提督絕不會給她好看，所以她走出去，卻沒撿起槍，只見提督被一股無形之力提在空中，無用地掙扎。

「露葦！快啊！」

華霜回頭看她，現在院裡還有些火苗，油燈被這麼一燒是更加亮了，盆栽也燃燒起來，照著華霜的臉。華霜露出溫柔的笑，也沒說話，便回頭面對提督，右手如虎拳縮緊，提督露出痛苦的神色。

但他不知露葦被刺傷了。他還在他的英雄故事裡。露葦知道那表情的意思，華霜之前每每這麼說，便會露出那表情——姐姐不會這樣做，對吧？露葦心裡低喃，帶著又苦又甜的惡毒：你怎知姐姐會做些什麼？我們這麼久不見了，你瞭解我什麼？

她當然愛華霜，直到此刻都如此愛憐。但提督便要死了，一個明晃晃的未來到眼前來，她避不掉！她也可以當個溫柔笑笑，原諒弟弟專斷獨行的皇姐，可她做不到。華霜已在決定她的命運，在對她一無所知的情況下，但她是可以逃離這一切的。她撿起槍，沒有多想，開口大喊：「李鴻基！」

華霜回頭，接著胸膛中了一槍，他全身大震，提督也跌到地上。他看著露葦，表情有些茫然。露葦擠出她一生中最哀淒的笑——是啊是啊，這一切都無可奈何，她只希望華霜至少知道她別無選擇——但華霜不可能明瞭，她只能笑著送他，以一種美麗而憂愁的姿態。

華霜倒下，提督站了起來，朝她走去。

露葦顫抖著手，她也還沒完全接受自己的作為，但提督要來了，她心中盤算著該怎麼說，她要露出害怕的樣子，因為男人愛看女人柔弱；她要謝謝他來救她，彷彿他出現便是最大的功勞。她想著、擬定著，在心中寫了幾百頁的劇本與臺詞，他們間是該有些感人重逢的。

提督到了眼前：「露葦，勳兒呢？」

露葦覺得像被打了一巴掌。

她指著拱門，說向右再轉兩個彎，在中間的房裡。提督也沒說什麼就去了，留下露葦與華霜的屍體。油燈中靜靜燒著的，是她難以窮盡的苦澀，她把槍丟在地上，緩緩蹲下，撫著華霜頭髮。他的臉是這麼光滑，像個孩子。她摸著他，卻想著別人，想著以後還會是提督夫人的種種，她是有這麼些悔恨，卻不真正後悔。本來，這就是她的選擇。

這時華霜的額頭忽浮現一顆紅痣，像血一般，極為鮮明。不一會兒，便褪成了深深的琥珀色，閃著美麗而動人心魄的光澤。她像著迷一般，知是華霜死時發動了太陰功，打開「玄牝之門」。她打算視而不見。她做了選擇，便不打算有退路。

但一個聲音在她心底迴響，殘忍而惡毒。露葦，勳兒呢？令人發噱。露葦笑了，像看喜劇般地笑，卻低沉沉的藏著些什麼，可這藏著的什麼帶來某種平衡，讓她的笑美豔不可方物。她站起身，緩步走向盆栽，拿出I-2的瓶子，將裡頭的靈魂像垃圾般倒出。

接著她走回華霜屍身旁，動作輕柔，充滿憐愛。

提督抱著勳兒過來，笑著抱怨：「這孩子，外面鬧這麼大，他倒是不哭。」露葦已將衣衫弄平，頭髮也借汗水整理過，提督見了她一呆，她看來打理得妥妥切切，在遠處的槍聲裡顯得太平靜。

露葦走到他身邊：「我可以抱勳兒嗎？」

「當然可以。」

露葦接過孩子，看著他幼弱的臉，心知真正的他已不在那裡。她掐住他脖子，絕情地、毫不猶豫地要殺死他。提督大驚：「你做什麼！」他要去抱勳兒。露葦瞪著他，微微喘氣：「你別道我不知道，他們已跟我說了，你要為了聖上殺死勳兒，對吧？」

提督啞口無言：「那、那是……」

「你別擔心，那是對的。既然聖上要求，當然該殺。我只是想向你表明，為了你，我連殺死親生孩兒的事都做得出來。」她微微顫抖，可說恰到好處，正能挑起男人的憐憫。而且犧牲——那是多偉大的犧牲——讓她看來像聖母一樣可敬可愛！提督笑了，他將妻兒抱在懷裡，溫柔地說：「你真識大體。但別現在殺，等聖上下令了再殺就好，或者，我們在聖上面前殺，以示忠心。」

「就照你說的吧。」

接著他們出去時，已是模範夫婦般的模樣。提督對神機營下令趕盡殺絕，便將任務交給屬下，挽著她的手到停在附近的BENZ車旁。她上車前問：「你是怎麼發現我們被抓到這裡的？」

「因為跑步機。」提督笑：「鑑識組在跑步機裡發現竊聽器，逆追蹤電波才追到這裡。上海的警察是很優秀的。」說著便坐進駕駛座。露葦坐上副駕駛座，抱著勳兒邊拉安全帶邊想，確實很優秀。跑步機，誰想得到呢？她帶著一絲讚賞，卻不是很在意自己問的問題的答案。

車子前進，從發動到上路都很穩定，確實有種高級感。露葦搭著提督的手問：「我們獻上勳兒，能見到聖上嗎？我們家有一瓶好酒，我想趁機獻給聖上，為你通通關節。」

就送女兒紅吧，露葦想。她琢磨華霜靈魂的顏色，覺得那最合適了。提督笑著說：「要見到聖上哪裡困難？聖上平常便會參加宴會。但我一定向他好好介紹你。」

露葦點頭，便不說話了。她不怎麼擔心獻上酒後，聖上到底會不會喝到華霜靈魂，或是其他人不小心喝到。一定是聖上喝到，那還用說嗎？就像剛才華霜能屢次避開危險，這是他的天命，他命不該絕。自己能射中他，也不過是天命的一個過程，幫他鋪路罷了。但這次不同。這一次，她起了關鍵作用，是足以在史書中添上一筆的。何況，就算聖上沒喝到，她也沒虧損，只賺不賠。

車子悠悠地駛進這座彷彿被海水淹沒的不夜城，但就算溺死，上海也像John Everett Millais畫的Ophelia那般美。露葦並不在乎，她只在乎自己。她忽然想起一段旋律，雖想不起曲名，旋律倒很清晰。她低低吟著，成了上海的伴奏，明亮的、溫柔的、破碎的。

人們說紅顏禍水，其實都是藉口。亡國的是男人，為禍的也是。但有一種情況，女人能顛覆天下，而那對女人來說卻極其當然——

她只是想活得尊嚴罷了。

THE END

第二屆・優選
〈半錦年桃花殤〉

周祉譽

作者簡介／周祉譽

愛冒險的旅行家，文藝範星人， 周遊歐洲十余國，刊登文章數十篇，以夢為馬，以筆為詩，喜歡美食，美景，美人。有高跟鞋也有跑鞋，喝茶也喝酒，對過往的壹切情深意重，但從不回頭， 想穿越這世界上所有的繁華之境與荒蕪之地，但也會為了某個人，甘願伏身紅塵裏。

我永遠都忘不了我們族最後一個預言家死去的場景，那一天，蒂薩斯的河面上漂滿了朵朵紅蓮，那是我從未見過的，瑰麗妖冶的景象。

流蘇，那個遲暮的老者，他跪拜在我的面前，中指彎曲，腳下的六芒星陣散發著強大平和的光芒，突然，他自出生就從未睜開的眼睛石破天驚地綻出一條縫，明亮異常，他說，煊璃，我崇敬的王，我的一生都在印證這個末世預言，它帶走了我的父親，現在也將帶走我，我願用輪回往生的機會，換取蒂薩斯帝國最後的和平。王，請你不要流淚，沒有人可以阻擋生命的限數，我可以參透神靈，但我終究，不是神。他的表情像被撕裂般地疼痛，開始擴散的瞳孔將悲傷彌漫在整個聖殿。蒂薩斯王國的第132任王，請接受我最後的預言。他的聲音像暮靄般低沉卻又堅決異常，剎那間我彷彿聽到了無數戰死祖輩們驚恐地咆哮呼喊，一張張飄渺模糊的面容伴隨著杯盞躍動的火焰從我周圍漸漸蕩散。流蘇抬起他低垂的頭，預言和脹破他胸膛的鮮血一起迸裂而出。

「王，自由比束縛更讓人絕望！」

我是煊璃，蒂薩斯王國的七殿下，以及，第132任王。我的母妃，是天底下最溫柔美麗的女人，也是父王一生最愛的女人。母妃是個普通人，沒有傲人的幻術，沒有精純的血脈，因著父王的寵愛表面風光，暗地裡在宮中倍受欺壓，誕下我沒多久，就猝死在宮中，父王抱著母妃的屍體，一整夜。聽說那一年下了七個月的雨，洪澇成災，荒民遍野，星象大凶，民間傳聞禍星降世，眾生受難，要歷盡一切的罪與罰。所有的矛頭似乎都指向我，為平息謠言了卻眾怒，父王對外不承認我的存在，沒有給我皇子的禮遇，封號，甚至名字，只是隨意地把我交給一位年長的宮女，在最僻靜的偏殿裡，孤獨寂寞成長。

從我記事起，就是那位叫明瑕的宮女照顧我，她照顧過母妃，說母妃是很好的人，笑容溫暖地可以從指尖流進心底。明瑕叫我煊璃，她說母妃的眼睛像琉璃一樣美麗，在仲夏的夜裡，仿若盛滿天上的星光，而煊，則是母妃寫過最多，念過最多的字。我與母妃有著極其相似的眉眼，明瑕為此患得患失，她希望父王像疼愛母妃那樣疼愛我，同時也害怕我的臉讓父王勾起傷心往事，從而更加地遠離我。在一切都未塵埃落定以前，她不允許我走出偏殿，她說她要保護我，就像母妃曾經保護過她那樣。那時年幼頑劣的我怎麼會管的了這麼多，總是偷偷跑出去，然後哭著回來。我覺得，除明瑕之外，沒有人認為我是應該活在這個世上的，我不是高高在上的七殿下，只是王的棄民，哪怕存在，也是最卑微的存在。被嘲諷，被欺負，被侮辱，在所難免，我雖然是個孩子，可我不傻，分的清好壞。每一次，明瑕都會擦乾我的淚，堅定對我說，煊璃，你是蒂薩斯王國的七殿下，你是王的孩子，你腳下的路還有很長，宮牆外的風景還沒有看到，要堅強，驕傲活下去，然後離開這，做個快樂自由的人。

十二歲時，父王舉辦了一次盛大的宴會，為了犒賞邊塞的將士，他們都是蒂薩斯的英雄，他們讓族人知道我們不止是神的附庸，我們的鬥志也不會被不可抗拒的天譴磨滅。記不清有多少年了，我們一直被天神壓制，他們以光明的名義統治著我們，以淨化靈魂為由洗滌我們的思想，讓我們終其一生成為他們腳下任意操縱的傀儡，沒有信仰的人註定生活在永夜中，所以，我們蒂薩斯人只供奉自己的祖先，只信仰自己的文明，哪怕，付出的是血的代價。為了得到更多的力量，父王將我從未謀面的姐姐遠嫁到半獸人的國度，在異族裡殘喘屈辱地活著，不到半年，就歿了。而我的哥哥們，又不知有多少戰死在神祭之壇，為了父輩們和族人的希望，將鮮血凝結在了最後的夕陽，留下不屈的脊樑。在最後一次的聖戰中，我們，蒂薩斯人，向天神證明了自己的存在！獲得了這世上最無價的寶藏，自由。從此以後，蒂薩斯的這片熱土上，將永無紛爭。在這場曠世的宴會中，我在不知名的角落裡，聽到了渾厚嘹亮的慶功戰歌，聽到了侍女們厚重裙擺下的疾步匆匆，聽到了最曼妙的舞曲最柔和的節拍，聽到了男人們爽朗的大笑和女兒家嬌羞的鶯語，以及那最後細不可微的，心碎的聲音。對於這一切的榮辱，我，只是個局外人。

靠在窗櫺上微眯著眼，午後的陽光剛好不急不燥，暈黃的琉璃磚瓦閃著蜜色光澤，伴著陶然微熏的暖風讓周遭朦朧起來，也許我此生都無法看到宮牆外的風景，但就一直這樣太平安樂到老也好。多少年後我回憶起那天情景，總感覺天上的母親在溫柔地注視著我。醒來後我發現自己被明暇抱到了聖殿上，這個在我心中閃閃發亮卻冰冷至極只能遠遠觀望的地方，我第一次如此近距離地觀察那個高位上的男人，那個理應被稱為父王的男人，他的身姿如我想像的一樣偉岸，雙眸好似無垠宙宇般深邃，他向我張開雙臂，寬大的墨色衣擺映著暗金色紋珞露出骨骼分明的手掌，他笑著看我呆楞的樣子，說：「過來，我的孩子。」這六個字，是我聽過最美的字，那溫柔的笑容瞬間將我寂寞如菊的青蔥歲月點亮。我一步步地向王位走去，不匆忙不慌亂，坦然淡定地接受眾臣的朝拜，我不知道自己幼小的身體是否孱弱，許久未見人群的臉龐是否蒼涼，我突然想起了出生時那綿密的細雨，它讓我身世浮沉，不得不思考自己的宿命，哪怕耳邊的吶喊響徹蒼穹，我也一樣如履薄冰。

當我走近父王的時候，看到了他身旁的流蘇，他雖然是個盲人，但卻是蒂薩斯最偉大的預言家，僅有的預言家。他向我行了叩拜大禮，彎曲卑微的姿態好像我是這世上最強大的無冕之王。「七殿下，蒂薩斯會因為你進入另一個時代！」他用幻術將自己的聲音擴散到極致，拂起的玄色長袍發出嘶烈的聲響，他用預言家最崇高的敬意，連父王都沒有的禮遇，在這最榮耀的時刻向世人昭示了我存在的價值，我站在萬眾之巔，看著族人們還隱約浮動著戰爭煙雲的亢奮臉龐，看著明暇激動到不能自已眼角皺紋的淚光，看著跳動焰火下那或明或暗諱莫如深上揚的嘴角，我開始理解每一個蒂薩斯人的靈與肉都必須接受的洗禮，他們不計較任何代價前赴後繼奔向戰爭的意義，這寧可舍去一切也要奪取的巨大狂歡的勝利，不僅僅是自由，更是統治的權力，這一永恆的主題無關血統，是蒂賽斯人亦或是我的父王用虛偽太平粉飾下的最大野心。在世人的眼裡，這一刻我擔負起了炙熱血脈上使命的傳承，昔日幼小悲怯的影子將永遠在歷史的記憶中抹去，可是沒有人知道，在這激昂的好似穿透屋瓴的凱歌聲中，我翻滾血液下是一顆怎樣冰冷的心。

那一日的大典後，父王為我建了琉璃殿，他說我是長的最好看的皇子，只有琉璃才配得上我白淨璀璨的面容，我告訴他我很喜歡這座宮殿，因為我的名字叫煊璃，「煊璃，煊璃」他輕聲囈語著，眼神複雜充滿回憶，緩緩地坐在椅子上，和燭光靜默一體，他擺擺手讓我退下去，轉身的一瞬間我聽到那模糊剪影下淺淺的歎息。煊，是父王心頭的一根刺，眼裡的一粒沙，他是一位藥師，懸壺濟世博得美名的不僅僅是他起死回生高超的醫術，還有那瑩潤玉冠下俊朗妖冶讓人心醉的容顏，他常襲一身寬大紅衣，金色流雲燙金滾邊，不在乎世俗眼光率性而為瀟灑出塵，不似一般醫者勤謹呆板，他像一團火，闖進了母妃17歲花季，燃燒綻放恍若白晝，從此，母妃對他死心塌地。可是有一天，煊突然不告而別了無蹤跡，一個月後的雨夜，城郊沙道旁，發現了他早已潰爛不堪化膿發臭的屍體，除了那身淩亂破碎的紅衣，沒有人能將他與那個俊俏公子聯繫起來，只有第一時間踉蹌奔來的母妃跪坐在他身旁，呆怔許久，然後俯身輕輕吻在那血肉模糊的輪廓上，哽咽低聲說，煊，別怕，我來了，我來帶你回家。從那以後母妃就心力交瘁臥床不起，這時還是皇子的父王出現，他很巧合地填補了母妃那段悲痛的歲月，以寵護之心許母妃一輩子風雨不倒的安穩幸福，又用自己無上的權勢迫使母妃嫁給他。出嫁的那一日，母妃遲遲沒有綰發，以塵世無緣為由堅決地斬斷一頭青絲，而那身紅霞嫁衣卻沒有拒絕，因為那是煊最愛的顏色。母妃跟明暇說：「我生命中的真愛只有煊一個人，可真愛不會因回憶而積重難返，我有愛，卻不能愛，我有恨，卻不敢恨。人世，畢竟太多無奈。」母妃一生都沒有忘記煊，深宮像深井像囚籠鎖住了她，但她的心卻遊蕩在宮外的任意角落，隔了光陰，隔了暖陽，伴著夏時的雨，秋起的風，紛飛的花，卷落的葉。直到誕下我，母妃所有綿長的痛才有了奔赴的終結，化成暖暖的，讓人眷戀的，守護的力量。明暇是個單純的人，在深宮漫長的黑夜裡，她抱著小小的我，將這一切一一訴說，她可憐我年幼喪母，拼命地想在我腦海中拼湊出母妃的樣子，一個美麗的，可憐的，對愛情頂禮膜拜的倔強女子。

第一次看到櫻澈的時候是在一個清晨，她站在琉璃殿的爍金簷上，晨光將她纖細的背影渲染成最明亮誇耀的姿態，她闔著眼，微卷的睫毛留下薔薇色的暗影，似乎是感覺到了我的凝視，她緩緩抬起頭，背後倏然張開了巨大的羽翼，潔白無暇，仿佛可以滌蕩盡人世一切陰霾，她向我飛來，在我面前穩穩停住，突來的疾風讓我踉蹌了一下，她嘴角含笑：「還只是個小孩子。」我不服氣地皺眉反問：「不然你以為呢？」「那麼殿下，讓我來將你變強大。」這句話如魔音一樣一直在我耳邊迴響，變強大，真正的強大，櫻澈沒有說保護我，陪伴我，她比別人更懂得我需要的是什麼，這也許就是一直以來我更親近她的原因。她牽著我，手掌不似明暇細膩，微微地略覆一層薄繭，這不免讓我有些心疼，「我是櫻澈，人世的唯一四翼天使，叫我師父就好。」她突然側身說道，「那，能讓我摸摸你的翅膀嗎？」她遲疑了一下，低下身，泛著淡淡的冰藍色的四翼在我面前完整張開，每一根羽毛都是那麼柔軟舒展，在翅膀尾處，我看到了一團不規則的，暗紅色的紋絡，帶有幾分妖冶的味道，像印章，像圖騰，更像一種古老的文字，帶著凹凸的質感，我剛想好奇地撫上去，櫻澈便收起翅膀，眼神有一瞬間的悲傷，她讓我三天後原地等她，說完便化作流光消失在天際。三天，不長不短，幾乎所有的蒂薩斯人都知道了我有一個師父，而她，是各國都爭相尋求庇護的四翼天使，她沒有接受任何一個國家的邀請，而是單單選擇來到我的身邊庇護我。父王很高興，他說，煊璃，你果然是個與眾不同的孩子，流蘇沒有看錯人，你一定要快快成長起來，將蒂薩斯帶入最巔峰的時代！我看著父王因激動而發紅的臉龐，乖巧地點了點頭，是的，那時的我真的迫切地想變強大，強大到不再因任何一句話來決定自己的命運，站到最遼遠的位置掙脫一切束縛擁抱廣袤的天空，任雨落驚風。

櫻澈作為師父要求很嚴苛，每次訓練後我都是一臉傷痕地回來，日子單調枯燥卻並不乏味，我越來越能清晰地感覺到身體內那積蓄的蓬勃的快要湧出的能量，明暇見我一身傷很是心疼，看我樂在其中的樣子又不好多說什麼，整天憂心忡忡，我告訴明暇不要擔心，總有一天我可以保護她，就像她曾經保護我那樣，明暇說她什麼都不求，只希望我安穩一生，而她自然老去就好。明暇沒有修習任何幻術，作為普通人的她壽命在我眼裡短得可憐，那樣羸弱，不堪一擊，而就是這樣的普通人，用生命倔強地保護了我十餘年，讓我明白並不只有融於血脈的才叫親人。

我練功的地方是一片用幻術作為結界的桃林，那裡終年芳菲如海，十裡桃花綿綿不絕，櫻澈說，桃花其實是殘忍的花，那繁簇枝頭上不知是多少血的精魂的凝結，看似旖旎絢爛，其實只能辛酸地在紅塵中將寂寞開滿，遮住思念的天。

在這方小小的天地中，只有我和櫻澈兩個人，閒暇時，櫻澈會撫琴給我聽。

「想聽什麼？」

「師父彈的我都願意聽。」

「法術沒學好，嘴倒是越來越甜了。」看著櫻澈微揚的嘴角，周圍的一切仿佛被虛化鍍上了柔和的輪廓，天光透過繁簇的桃花淺淺灑下來，映在櫻澈晶瑩的雪色瞳仁，飄渺而不真實，如同華麗奢侈的夢境。

「師父就把會的都彈一遍吧。」

「要是我把會的都彈一遍，今晚我們不知道要呆到何時。」

我沒有說話，心裡不由自主地想，哪怕是要彈一輩子呢。

琴聲響起，如玉的手指輕輕撥動三更飄雨下梧桐花一樣的淡紫色琴弦，那是我從未聽過的旋律，曲調清和古雅，聲聲歎脈，仿佛自遠古紅塵中生出了繁華萬千的明亮，落在心間最柔軟的地方，照亮了闌珊的一方。我看到無數用樂聲凝結的蝴蝶帶著琉璃般的色彩，從琴中不斷飛出來，飛出來，飛遍了回憶的四壁，穿過我的身體，融化在我的血液裡，周圍的一切漸漸模糊，只剩下櫻澈傾國傾城的笑，如風般地蔓延，本該溫暖卻透露著濃烈和絕望，我好似沉入一個蒼藍色的夢境中，純淨的比過冬天結束春天來臨時的天空。

在這個夢境裡面，有一個鋪滿桃花花瓣和積雪的院落，風吹過，地面的桃花如同落雪般飛揚，一個人出現站在積雪的中央，笑容溫柔而輕盈，閃亮的瞳仁，明月般的臉頰。她走到我面前，彎下腰對我微笑，笑容如同撕裂的朝陽一樣燦爛，然後一陣風，地面桃花放肆地飛舞起來，在半空中變成如血的琥珀紅，她的頭髮和翅膀同時飛揚起來，發出颯颯的響聲，然後畫面靜止，一切如霧氣般漸漸消散。

我叫櫻澈，唯一的四翼天使。出生的時候，朗日星正好升到天空的最高處，那些冰冷的清輝在漆黑的夜空中彌散開來，最後落在我的瞳仁中變成晶瑩的魂。我從小就法術高強，和我的姐姐一樣，我們都是父王和母后最鍾愛的孩子。天神的世界其實很無聊，還好有姐姐一直陪著我，她常常帶我到雲層深處，看飛鳥從雲朵的陰影中呼嘯著穿過，淒涼而破裂地鳴叫，在空中拉出一道道脆落透明的傷痕，姐姐總是望著那些倉皇的飛鳥對我說，「櫻澈，你想到雲朵的底端去看看嗎？」我點點頭，因為我想知道，雲朵的底端，那個叫做人世的地方，是開滿了桃花，抑或是住滿了亡靈。每當姐姐這麼對我說的時候，那如同紫堇墨一樣純粹而詭異的黑色雙眸一直靜靜注視著我，包容一切，籠罩一切，我感到深深的恐懼，可是隨即，姐姐都會對我笑，笑容乾淨而漂亮，像那些明亮的陽光碎片在黑暗的漩渦中全部變成晶瑩的花朵，在她的面容上如漣漪般徐徐開放。

母后常常說，我與姐姐不同，我會因為一朵花的盛開而露出舒展如風的笑容，會在抬頭看天的時候冥思苦想一整日。每天傍晚我總喜歡一個人坐在宮殿裡最高的燈塔上彈琴，無數的飛鳥在我的頭頂盤旋，羽毛散落下來覆蓋在我的瞳仁上讓我的眼睛變成鴿子灰，背後的雲朵盛放如同沉醉的紅色花朵。日子就這樣平淡如水，我以為就這樣一直下去，幾百年，幾千年……直到那一天，我遇見一個凡人，他是一個俊朗的男子，藍衫似水，玉冠如月，我對他隻身一人來到天界很是愕然，凡人的力量再強大在我們眼裡也都是弱小的，更不用說打破結界逃過所有守衛，他的樣子有些狼狽，卻難掩俊美無雙的眼略過風華無限，竟讓我有一絲絲熟悉。他求我帶他到洛神台，洛神台是通往人世的唯一捷徑，姐姐曾經告訴過我，但有很多重兵把守，父王與母后從不肯讓我們靠近。我看他可憐，同時也為他勇闖天界的勇氣欽佩，他看上去才二十多歲的樣子，與我相差了近百歲，二十多歲的我，只是個天天跟在姐姐身後的小不點。我帶他偷偷溜進了洛神台，對付那些侍衛對我來說小菜一碟，以前姐姐慫恿我去，我強忍住好奇心只是為了不惹父王與母后生氣。在洛神台邊，少年準備跳躍的時候把手遞給了我，他問我，要一起嗎？飛鳥的陰影落到他的眼睛裡如同彌散的夜色，目光閃爍如星辰，眼紋一波波蕩漾，溫柔得像春天裡深深的湖水，將人輕輕覆蓋，潤入心底暖暖散開，鬆散沉溺其中。我鬼使神差地握住他的手，然後，縱身一躍，仿佛一瞬間的光景，又仿佛好久，他伏在我耳邊輕輕地說，櫻澈，你始終比不上你姐姐。”

「煊璃！」在櫻澈的輕呵聲中我猛然醒來，「你竟然能走入我的夢境？」她像似問我又像似喃喃自語，”師父，你為什麼會跳下洛神台？”櫻澈看著我，瑩白的眸子仿佛霎那間湧現出紛飛飄舞的雪，聲音不帶任何感情，緩慢飄渺得如同夢境一樣，模糊不真實，仿佛湖面終年不散的霧氣，”不要讓我回憶，這讓我比死了還難過。”

那天以後，櫻澈再也沒有為我撫過琴，而關於那個夢境所有的疑問，我們都默契地保持緘默。

就這樣時間綿長輕巧地走過了四個春秋，我以一種銳利的姿態肆意成長，不再是那個不諳世事的孩童，身姿愈加挺拔傲岸，五官更加明朗澄澈，世人尊稱我為，琉璃王。而櫻澈，一如初見那般，茶色雙眸下是我始終無法探尋的神秘，那慵散嫵媚的笑容，始終是我內心深處最安定的力量，她告訴我，當她羽化為天使的那一刻，時間便就此定格，成了永恆，不管四季怎樣更迭，歲月怎樣消逝，她都不會變，不管是容貌還是初心。我常常會望著櫻澈寂寥的背影發呆，思索她是個怎樣的人，揣測她的過去和未來，她的心像一個無底洞，洞外是暖膩的光，洞內是隱忍的傷，我想撫平一切，卻發現無能為力。十七歲的這一年，我與蒂薩斯最偉大勇猛的將士哲剎打成平手，華麗驚絕的幻術讓父王也驚歎不已，大臣們卑屈著膝，高呼：「殿下，請帶領我們到更強盛的繁榮！」也許流蘇的預言沒有錯，櫻澈的執著沒有錯，我真的蒂薩斯最具有天賦的人。

父王為我的學成歸來興高采烈地準備了家宴，宮中燃起無數盞琉璃燈，光華耀彩入雲霄，碧簷金闌和太液池中的倒影相互輝映，恍如瑤池瓊筵。殿內每隔三步，便有內侍捧燭而立，照的大殿明華如晝。婀娜宮娥魚貫而入，手捧金盞腳步輕盈，曳地長裙飄灑而過，環佩清越，帶著酒香馥鬱芬芳。父王拉著我的手，向我引見左相，以及他的女兒，剪靈，那個身著長襟廣袖月白宮裝的淡雅女子，她靜靜地向我走來，絕色容顏未施粉黛，頭髮松垮地挽在耳後，冰肌玉顏，高華明豔。父王拍了拍我的肩膀「煊璃，你要知道，蒂薩斯不僅需要英勇的王，還需要賢慧的王后。」我默默地點了點頭，沒有想到這一天來的這麼快，她也許美好純淨，但畢竟不是我心中所愛。我沉悶地一聲不吭，與父王想要營造的溫馨歡樂的氣氛格格不入，華燈初上人潮散去後，父王留下了我，他說我還太年輕，需要左相在前朝的輔佐，需要哲剎真心的臣服，只有這一文一武的配合才能讓我執掌乾坤，毫無後顧之憂，而剪靈，是左相的女兒，哲剎的妹妹。我無力爭辯，安靜沉默，父王見了語重心長地說：「煊璃，對於蒂薩斯，你是個男人，不是個孩子，手中的權力比什麼都重要，因為你要用它來保衛這個國家，以及，你自己。至於愛情，那是一種巧合地遇見，卻永遠也無法預見，只需要靜靜等待就好，如果它不來，至少你不會心痛，如果它來，千方百計都要得到，哪怕屬於別人。」我的心中有一瞬間的恍然，帝王之位的殘忍迫使我不能再遠遠觀望當個局外人，亦或是從來都在這個迷局裡一直不願覺醒，為了權力可以犧牲，為了愛情可以毀滅，我的母妃，那樣清麗溫軟的女子被父王斷送掉了愛情，在最精緻的囚牢裡緬懷過去一轉而逝的花開，而我，從出生就不被允許的存在，被令人嘲諷的命運玩在掌中。父王深深地歎息著，他說他一生中最對不起的人是母妃，其次就是我，為了得到母妃他運用了權力，為了得到權力他放棄了我，而現在，命運對於我終於有了妥善的安排，我和他，似乎也可以回到起點，他說他只想在餘生中和我做一對幸福的父子，像凡世那樣。我笑了，毫無暖意，這樣煽情的話對我胸膛內這顆早已千瘡百孔的心來說，太遲了，我漠然而平靜地說「父王，在我孤單落魄的時候，這顆心一直向你敞開，期待你偶爾的關懷，哪怕微不足道也甘之如飴，而現在它終於在歲月的掙扎裡緩緩合上，留下最深的溝壑，阻擋在你我之間，如果沒有流蘇的預言，我可能還是那個低到廢墟裡的塵埃。」說完便轉身離去，這些年來一直壓抑的心情在這一刻得到了釋放，我本以為會很痛快，可眼角的淚告訴我，只有痛是清晰的。

從那之後，我就再也沒見過父王，接著就是他突如其來的病訊，再接著，就是比那更突兀的葬禮。流蘇說父王的身體一直不好，這些年外強內幹只剩下了空殼硬撐，他還說父王是個英雄，至少對於蒂薩斯，他付出了所能付出的一切。父王的遺囑很簡單，煊璃繼位，剪靈為後，至死，他也沒有放棄拼搏一生緊握手中的權力。

因為是國喪的關係，本該繁複隆重的婚嫁辦的很簡單，我站在高臺上，望著那個一步一步向我走來的女子，九翬鳳冠，珠玉累累，半掩面前似水容顏，如隔重山深夢。廣袖翟衣上繁複的花紋紅得奪目，美得絕豔，似一片飄逸的紅雲，卻化做利劍，瞬間猝沒我的心房。她來到我面前，千金羽衣閃著迷人的光暈隨風飛舞，這不禁讓我想起櫻澈，那晚，我很坦然地告訴剪靈，我不愛她，也不想愛她，她哽咽著，顫抖地對我說，煊璃，我愛你，這是任誰都抹去不了的事實，我的愛，不是情人間溫柔的肌膚之親，不貪圖精緻華服絕美宮殿，它是我生命中永恆不死執著的欲望，是抵擋滿目瘡痍疲憊生活中的英雄夢想。你不知道我盼了多久才盼來了今天，為了與你並肩，我願意賭上一切，我開始感謝這個後位，開始感謝你父王的英明，今後不管你愛誰，但蒂薩斯的王后，有資格陪在你身邊的人，只能有我一個。她的臉龐漸漸褪去怯懦染上決絕，周身的痛意是那麼明顯，我知道自己很殘忍，但我希望她會恨我的殘忍。

大婚之後，我再也沒有見到過櫻澈，她說她會在我看不到的地方守護我，那時的我不懂，不打擾，是一種更入骨的溫柔。

最後一次看到她時，晚秋的太液池帶著迷離不散的水霧，清晨的空氣裡映著淺霜般的涼意和望不透的高遠的天，遠處蒼山如黛，輕掃其中。櫻澈便駐足在這樣的深秋中，寂靜地凝望太液池，仙姿臨水，恍如天人。沒有人願意去驚動那一方天地，一切的聲息言語對於她仿佛都是唐突的褻瀆，然而也沒有人見過她的笑容，她渺遠的姿態如一痕冰月，冷冷於瑰麗多姿的宮苑，寂寥相對著太液池旁瓊瑤碧閣，玉影繁華。她眼底中無聲無痕的憂傷，在淹沒了身邊所有的同時又冷然與一切毫無關係，甚至包括她自己。她轉過頭來，望著我，無聲的眸子裡是我看不懂的情緒，然後又倏的一下，飛向天際。

一切好似一場夢。

剪靈將我的寢殿種滿桃花，可是花期短的很，暮春時節傷逝，我站在桃林中央，看著它們輕柔落下，一片一片，如同自盡般的傷痕，我輕輕揮手，接下一朵落下的桃花，好似櫻澈在我身邊，畫出從未見過的晴天，漸強漸弱，聲色逐步渲染，始終停在我三步之外，不曾走遠，亦不會靠近。我無意窺見你的過去，在今生聽到過的最美琴曲裡，也許你不知道，你躍下的那一刻，夕陽漸次染紅了你的魂魄，三魂斷開，七魄銷匿，惹亂了暮色的飛鳥，在我的瞳孔裡逐漸放大，逐漸雕刻，如果可以讓你停下來不再墜落，我願意為了你顛覆整個世界。在那被打斷的夢裡我仿若看完了你的一生，那把琴，那首曲，那一日，櫻澈，我想用一世的等待把那個夢做完。

「王，你喜歡。。。桃花嗎？」不知什麼時候站在我身後的剪靈默默出聲問道。

「我喜歡四季不敗的桃花。」

「王，這世上沒有真正不敗的桃花，有的只是幻術讓人迷了眼睛。」女子的聲音清麗婉轉，但又透著堅決和執拗。我側身看了她一眼，沒有說話。當初剪靈在我的寢殿種滿桃花時，我沒有多問，只是以為她想討好我，但看到她不假手他人，親歷親為，選種，栽苗，培土，澆水，施肥之後，我動搖了，有些事，嘴巴不說，眼睛會流露出來，那內心深處豐盈的喜愛之情，是騙不了任何人的。剛登基的我處理公務很忙，剪靈就默默地在那片桃林中，在那些紛飛的桃花下，等我回來。每次看到她，我都會想到櫻澈，那一閃而過的失望，和心裡滿目的傷，不知道她有沒有看到。

「王？」看我沉默許久的剪靈輕輕詢問著

「幻影，又如何？留在我心裡的，都是永恆。」

那一天，剪靈在桃林中靜默一夜。第二天我看到她紅腫的眼眶，她依然那般不諳世事雲淡風輕地對我笑著，笑的讓我心酸。「王，你讓我知道了，我連做個替身都不配。」她說這句話的時候，就像問候生活中最日常的一件事情，不悲不喜，不嗔不怨，我張了張嘴，不知道該說些什麼時候，她已走遠。

碧痕殘脂，淚染一闋故夢難斷，流雲千載，情何以堪，世人皆歎。

之後，我仍然會在每一夜看到為我掌燈的剪靈，她叩拜在我面前，緩緩地說，「王，看著你從夜色最濃的黑暗中走出來，我的心是喜悅而幸福的，我也想讓你感覺到這種幸福，不同於我的被人等待的幸福。不管在你眼裡的我多麼渺小卑微，請讓我站在你身邊，你讓我想變成更好的人，你是我全部的天下。」

錚錚誓言帶著一徑的溫柔讓人心頭微暖，猶如暗香浮動的黃昏，透著柔軟入骨的桃影繽紛，落了滿襟。

她抬頭，我點頭。

這一瞬間，我有的只是愧疚。

多少個深夜裡，我總是不明緣由地失眠煩悶醒來，我的心很空但又很沉重，我在光芒中奔跑著，以為足夠快，卻忘記黑暗永遠在前面等著我，我與母妃一樣，留在了一生都掙脫不了的牢籠裡。宮女和侍衛們都說，我們的王是最孤寂的王，日子就這樣像流水般平穩度過，直到流蘇給了我那個預言，在我登位的第三年，二十歲的生辰。

他說，王，自由比束縛更讓人絕望。這個參不破的謎題，是他留給我最後的預言。

一個月後，天神再一次向我們宣戰，理由很簡單，因為蒂薩斯祖護了神的背叛者，這莫須有的罪名讓我錯愕不已，也激起我的滿腔怒火，我決定御駕親征。臨行的前一天，我突然接到櫻澈的死訊，當我趕到的時候，她靜靜地躺在冉月湖邊，身上被飛揚的雪花覆蓋，血從被折斷的四翼滲透而出，泊泊流下，無聲地浸染在雪地裡。我慢慢躊躇上前，短短幾步仿若走完一生，我看見那永遠令我溫暖感動的笑容被風雪彌漫，我聽見那纖細倔強的身影在腦中崩塌的轟鳴，我不知道那漫天飛舞的，是雪，還是她散落的潔白絨羽。淚水劃破我所有偽裝的堅強，我突然想起年少時被她抱在懷裡在天空飛翔的樣子，想起難過時她守在我身邊眉頭緊鎖的樣子，想起似夢非夢時，桃林下一個人親吻我的臉頰，說：煊璃，如果可以，我真想永遠陪在你身邊，跟你一起飛翔……而現在，她就這樣在我懷裡靜靜消散，無聲無息，

懷念是生命中最無能為力的事，我愛師父，可她永遠都不會知道了。

生命，註定是一場又一場的相遇和別離，一次又一次的遺忘和開始，留戀那溫暖，那陪伴，那不知什麼時候會消散的死心塌地，越貪心，越刻骨銘心。

看盡三十三宮闕，最高不過離恨天。

數遍四百四病難，最苦不過長牽念。

櫻澈，你可知我任秋水望斷，心字成缺，亦不忍負朱顏？我可以將成長十餘年來的悲苦付之一笑，哪怕跟你相隔千里把酒臨風，獨自默默盈淚在杯中，踏遍山河又何妨？舉步過忘川，只為相擁瞬間。來世太虛妄，輪回太漫長，一生一夢中，我只求，你，都，在。

我找到了剪靈，問，「是妳幹的嗎？」

她的面容突然如落葉般頹敗，慘烈地笑著，聲如裂帛，眼淚直垂萬里：「你懷疑我？」我望

著剪靈傷心欲絕地樣子有一瞬間的恍惚，好像看到了櫻澈憂傷而隱忍的微笑，「對不起。」我輕聲說著。

「王，你不知道我剛才有多難過，就算你從沒愛過我……」

「誰?!」我一手擊落了躲藏在房檐上的暗影，剪靈驚訝地跑過去：「哥？」

哲剎的神情堅定而難過，他望著剪靈有漂洋過海般的滄桑，他走過來，跪在我面前：「王，您的師父是我殺的。」我望著眼前這個蒂薩斯最偉大的戰士，望著這個隨父王四處征戰出生入死的英雄，望著這個眾人引以為傲對皇室忠貞不二的守護者，心裡壓抑得難受。

「哲剎，櫻澈的傷口左淺右深，兇手是個左撇字，據我所知，你慣用武器的手是右手。」

哲剎自嘲一笑：「王，我自認自己沒有那個能力可以從正面將櫻澈一擊必殺，她的幻術畢竟高出我數倍。左淺右深的傷口，從背後也可以做到，不然我沒有絲毫勝算。櫻澈，她畢竟太信任我了。」哲剎的臉一瞬間湧上愧疚，隨即堅定地看著我，「王，我希望您清楚地明白一件事，您的師父櫻澈是神的背叛者，翅膀上的烙印就是最好的證明，她不屬於蒂薩斯，她的存在只會觸犯天神引來無數殺戮，打破這難得的安詳與和平，而且，非我族類，其心必異！」他的語氣開始沉緩：「王，我沒有權力可以主宰他人的命運，為彌補過失，我會用自己的血來祭奠櫻澈的亡魂。」我的心中陡然一驚，哲剎的誅神刀已穿透了自己的心臟，隨之就是剪靈悲痛的呼喊，哥，哥，你怎麼可以這樣?!哲剎擋住了我為他輸送念力的手，緊握著我的肩膀說：「王，沒用的，我已經不行了，所有的一切就讓我來終結吧，我戎馬一生沒有求皇室任何事，現在我拜託您，照顧我這個不聽話的妹妹。」

出征的這一天，我的心裡滿是瘡痍，剪靈一直默默地陪在我身邊，以她威嚴又不失溫和的神韻母儀天下，力撐飽受戰亂人民的意志。我把戰爭當成宣洩口，高喊著，為那些往生的祖祖輩輩討一個真正的公平！蒂薩斯的英雄們，我們只有戰傷，沒有敗績！戰士們的士氣被空前激發，他們吼著我們的王啊！一浪又一浪的破魂刃毫不留情地向那些高傲的天神射去，直到他們的翅膀被冰藍色的鮮血覆蓋無力飛翔。這時，天空急轉變暗，仿佛讓眾生承載一場雷霆之怒，我極速傳令立刻撤離這個突然被魔法籠罩的詛咒之域，可黑暗中戰士們迷失了方向，模糊了心智，開始互相廝殺，那久經沙場的兵刃就這這樣對著同族，彼此死在最信任的人手裡。我聽到了一陣低沉輕蔑的笑聲從施咒的上空傳來，當我揮舞著滅靈劍沖過去看到她逐漸清晰的面容時，驚愣在了原地。

我看到的是櫻澈。

她對我笑著，笑容不似初見，充滿蔑視。

她說：「王，我在這等你很久了。」

那一瞬間一股力量徹底湮滅了我所有的信念，隨著漫捲的黃沙焚去了我所有的悲歡離合。天空開始旋轉，櫻澈的面容扭曲著吞噬著我殘缺的意志，我看見無數飄渺的靈魂從我身旁掠過，用那種憂傷疼惜的眼光看著我，我問他們怎麼了？他們卻沒有開口升向那深邃的夜空。

我醒來時眼前波光瀲灩，許多閃亮美麗的小魚在周圍遊弋著，幾簇柔軟的水草輕輕纏著我，一個看不清面部的女子緩緩飄過來，問，我的王，您醒了嗎？我微微掙扎了一下，那些水草很有靈性地放開了我：「人魚，是妳救了我？」「王，您忘記了嗎，多年前在蒂薩斯海岸上被你救起的那條瀕死的魚？」我突然記起很久之前那一幕，一條透明的魚被困在一個魔法罩裡，當時好奇的我用剛學的幻術捏碎了魔法泡泡。人魚的面部漸漸呈現出來，兩條灰暗的影紋從她毫無光澤的臉頰上延伸如鬢，黯然的瞳眸和頭頂那兩隻微微突起的尖角顯得格外詭異。

「人魚，妳屬死亡系？」

「是的，王，您繼位的那一年深海水族發生叛亂，其中一隻部隊企圖趁您登基時發動對蒂薩斯的進攻，那時我已經是靈魚族的公主了，我帶領我的族類全部戰死在蒂薩斯的淺海。」我想拂去她眼角越垂的淚滴，遺憾的是指尖從她臉龐滲透而過就像穿過空氣。

「王，音風已經死了，您觸不到我的，您不必難過，在戰場上看到的天神不是櫻澈，是瞬羽，櫻澈的姐姐。她嫉妒櫻澈獨一無二的四翼，為維護自己的地位加害於她，讓櫻澈貼上了背叛者的標籤，在眾神錄中除名。」我很驚訝，音風看著我疑惑的表情說：「死亡美人魚累積一定念力後就可以對過去的事實進行測定，就像你們的預言家，只不過他們預言的是未來，我們測定的是過去。」

「背叛者？」我仔細咀嚼這幾個字。

「對，為人世之人殉情。」

「殉情？是因為她跳下了洛神台嗎？」我不禁蹙起了眉。

音風很驚訝我知道這麼隱秘的事，隨即掩下疑問，目光清澈，看著我說：「王，洛神台，之於凡人，也許無礙，但之於天神，是永生永世覆滅的結。」

記憶一路延伸，體溫沿著心臟經過脈絡漸次冷卻，剩下一聲又一聲心跳化作無邊的吶喊，飛了天，遁了地。我從音風這裡得到了全部的真相，那個人世之人，只是剎羽的一片羽毛幻化出來的，洛神臺上，他對櫻澈使用了攝魂術，櫻澈善良，對陌生之人毫無防備，就這樣中招掉下。剎羽因為怨念太重，連幻化出的人也說出了「你永遠比不上你姐姐」這樣的話，只是這一幕沒有被眾神在天神鏡中看到罷了，天界看到了只是櫻澈與那名男子牽手共赴洛神台的瞬間，看到兩情相悅，看到溫柔繾綣。櫻澈與眾不同的四翼，成為了剎羽必須要殺她的理由，因為天界的守護天使，只能有一個。知子莫若母，王后毫無理由地相信櫻澈的無辜，同時也懷疑剎羽，可那又怎樣，兩個都是她最愛的孩子，況且櫻澈不在了，天界確實需要像剎羽這樣靈力高強的人來守護，哪怕，不擇手段。王后沒有與任何人商討，私自用自己畢生靈力以及神之精魂換櫻澈逃脫天劫，得以重生復活，只不過永世不得成為天神。

就這樣，四翼天使遺落在了人世，帶著姐姐背叛的傷，帶著母親的生命的傳承，帶著破碎的流年和搖晃的往昔，孤獨活下去。

「那一日她撫琴，我走入她的夢境中，是巧合還是……」

「因為你在她心裡。」音風打斷我的話。

在她心裡，

在她心裡，

在她，心裡。

那些與櫻澈在一起的日子，她瑩白瞳仁中未散的霧對我始終是一場迷，可是卻承載著我生命中全部的星光，那沉沉暮靄般的憂傷不是對我，而是對她自己，就連再生的輪回中，我也沒有給她足夠多，可以從心底溢出的溫暖。

「王，我不知道該不該告訴你一個秘密，這個秘密是關於櫻澈的，如果您知道了，可能會印證流蘇最後的預言。」我猶豫了，沉浮的往事翻湧起無數生靈的亡魂，流蘇，櫻澈，哲剎的面容依次從我面前滑過，記憶深處不知為何燃起一堆花火，蒂薩斯的人民圍著它歡快地舞蹈，他們唱：我們的王煊璃是團升起的永不黯淡的光……

我的頭微微點了一下。

音風褐色的頭髮突然向上激烈地翻飛，嘶啞的聲音和水紋一起擴散：殺死櫻澈的不是哲剎，哥哥為了妹妹得到王的愛而犧牲生命。我猛然一驚，不可癒合的傷痕再次撕裂。

當我重新出現在蒂薩斯的聖殿上時，蒂薩斯的臣民們都伏拜在地，他們呼喊：王，我們一直在等你平安歸來。剪靈從皇位上走下來，抱住我熱淚盈眶，但她馬上察覺出我的異樣，望著緊挨著我的音風，眼神格外憂傷：「她是誰？」我坐上皇位，牽著音風的手，將她托到比皇位還高的聖炬上，說：「音風，蒂薩斯最忠實的朋友。」抬頭的一霎那，剪靈如撕裂朝陽般但又清冷無比的笑放肆地在整個聖殿蕩漾開來。

善良的死亡系魚精靈會一種天生克神的法術。音風說這句話時，臉色陰暗得讓人看不清表情。

蒂薩斯的上空開始疊幻出現無數隻魅惑的死亡美人魚，天神們被似有似無的黑色幻影纏繞，溫柔地詛咒著，耀眼的白光漸漸迷蒙，隨後一一墜落下來，眼神空洞，口中湧出被染成黑色的血液，流經之處草木枯萎，白骨深深。戰士們對突然其來的徹底勝利並無多大熱情，更多的，是不可掩飾的恐慌，他們疑惑地望著我，仿佛在問，王，為什麼要憑藉邪惡的死亡系魔法贏取這場戰爭？王，您被這個叫音風的美人魚蠱惑了嗎？我的臣民們深信著，這場勝利不是救贖，反而是更深遠的劫數。

當瞬羽在神壇立下咒語發誓永不干涉蒂薩斯文明的時候，我知道真正的獨立終於到來，可這代價太沉重。我望著她那與櫻澈八九分相似的臉龐，悲戚就這樣從心底溢出，突如其來地與我撞個滿懷，如果可以，我多麼想讓她體會到櫻澈所承受的全部痛苦。可我畢竟是蒂薩斯的王，不能拿整個王國作為賭注，再次成為戰爭的陪葬。我不禁在心底暗暗嘲笑自己，曾幾何時，我還是個不諳世事的少年，在刀光如雪劍如芒的亂世，不與他人比肩行，浮生一世只求歲月靜好。後來流蘇的預言改變了我的命運，櫻澈的悉心教導成就了我的意氣風發。我曾發誓，不希望以後當我想要保護的人出現的時候，我卻只能無能為力的站在她旁邊，看著她倒在我的腳邊上。沒想到，一語成讖。碧血染就桃花，負了天下又如何？始終不過一場繁華。如果我不是蒂薩斯的王不肩負族人的重任，該多好。

大戰勝利之後，我召集了所有的大臣，宣佈廢掉剪靈的後位，與她永世不復相見，將恨與痛深藏在千年萬年的時光罅隙中。

這激起了蒂薩斯歷史上大臣們對他們的王最激烈的反對。戰爭中剪靈母儀天下拼死為國的形象已深入人心，她對我的愛赤誠而熾灼，在世人眼中，沒有人比她更適合這個後位。對於我突如其來的轉變，所有人都開始懷疑異族的音風控制了我的心智，我已經不再是他們當初信若神靈的王了。沉重的氣氛就這樣一直僵持著，我無力地駁斥著一批又一批大臣的跪諫，一旁的音風對我搖著頭，苦笑著，而剪靈，笑得令人肌寒血凝。

內戰終於爆發了。

我就像個無所事事的人，整日在桃花林裡徘徊，因為那裡，有著櫻澈的墳塚。夕陽的暖光格外柔，好似會融化掉所有的寒夜，風輕暖，花微香，山高遠，水東流，一切都好似沒有變，睜眼閉眼須臾之間，只是有的人不在了。花瓣紛飛，落在誰的心頭，又化作誰的淚。我想起櫻澈曾說，眼淚是最珍貴的東西，只能留給深切的悲傷，這悲傷與羞辱無關，與委屈無關，與疼痛無關，你依靠這悲傷和這世界建立更深刻的聯繫，你和這悲傷在煙波浩淼的孤獨中相互取暖，相依為命。可我從未見她哭過，她的淚，是她最後的溫暖。

櫻澈，我若戰死，不求世人埋我骨，汝心之內，望來世容我永住。

不知為何，那一夜，我睡的出奇的踏實，宛若小孩子，夢中我見到了音風，她說，王，王，你是我見過年輕的王，亦是我欽佩的王，您的前世是一隻　雪鳥，在最高遠的天空，將傳奇披戴，用翅膀撐出一整座天堂，能成為您的子民，是我莫大的榮光。作為一個早已死去的人，我別無所求，如果有一天我慘遭不幸魂飛魄散，請幫我庇護那些忠心追隨我的族人們，保佑他們永世安康。

第二天，太液池邊，我發現音風死去的靈魂，她從我指縫間無情地流逝掉了，善良的人魚就這樣消散得無影無終，什麼都沒有留下。一旁的剪靈面目猙獰，左手中專門誅殺死亡系幽靈的聖器還散發著紫色的光。她說，煊璃，沒有人像我這樣愛你，為了你我背叛了自己的良心，背叛了對死去哥哥的眷顧，背叛了那些為蒂薩斯獻身英雄的信任。現在，我怎麼能容忍一個異族的女子把你從我手中奪去！我轉過身，輕捂著淚流滿面的臉頰，她對我的愛霸道慘烈，超越溫和，摧毀一切。

十天後，我們在戰場上兵戎相見，生生的兩端，我們彼此站成了岸。戰爭的最後一切都聲嘶力竭，飛揚的黃沙一層層飄遠，也飄不到這一望無垠的蒂薩斯人屍體的盡頭，全部的精英都已倒下，我站在一面殘損的旗幟下，看著不遠處的剪靈傷心欲絕地哭喊：「煊璃，我多想跟你一起飛翔，遊蕩到不知角落的天光。我曾求著哥哥帶著我溜進那片帶有結界你練功的桃林，無意看到你揮劍神采飛揚的樣子，之後我總是偷偷溜進去看你，櫻澈都發現了，她怕傷了我收了結界，可是你從未在意。看著你一步步成長，我內心的喜悅不比你少，只是你的笑，從不是對我。我不甘心那樣默默地站在你身後看著你的背影，我想與你並肩，與你一起。我不相信正，不相信邪，不相信天，不相信神，更不相信幸福，可是我相信你。一念心動，終生不改！煊璃，你總想逃離一切，我用整個王國作為犧牲為你破除枷鎖，現在你終於自由了，而我，寧願自殺也不願被我愛的人殺死。」她用哲剎留下的那把刀割破了喉嚨，淒惻的笑容在天地間晃落。

我無力地癱坐在地上，望著那還燃燒著戰火的廢墟，望著天邊湧動的塵霾，喉嚨最深處不見陽光的地方湧上來無數的傷感和絕望。鳥群送葬著光線，海水撫摸著星辰，我如同冰封在世界的盡頭，把絕望裝點成預言，寂滅到永生，在命運裡沉睡，在陰影裡醒來，誰還記得沙漏多少次的流轉？梵音陣陣，殺戮唱成了悲壯詩篇。我只能在記憶中繼續淪陷。

我的確將蒂薩斯帶領到了另一個時代，真正覆滅的時代。我摸了摸臉上冰冷的淚，想起剪靈跟我說眼淚之所以是鹹的，是因為它的原料是血液，這就是為什麼我們對很多人笑卻極少對人流淚。剪靈一生的淚似乎都留在了我身上，淚和血一樣，會有流盡的那一天，但在那之前你永遠不知，那個為你流淚的人耗費的是怎樣的心血。迷蒙中我看到扇著翅膀的櫻澈帶著我飛翔，流蘇修長的白眉拂過我的淚，沉吟著：王，自由比束縛更讓人絕望，請您安詳地進入永眠……

這一閉眼，思念零落成千回百轉的畫面，在記憶裡擱淺，
這一閉眼，花期漸短斷了流年，
這一閉眼，引歌長嘯且試天下終成夢裡煙花，烽火一路金戈飛舞不知到頭來又在歸途何處。

不知過了多久，生死，輪回，紅塵，虛無。

也許是歲月某個微不足道的一點，也許是容納所有滄海一粟的無垠，自由太漫長，也許跨過了永恆，此時此刻，又也許僅僅只是你的南柯一夢。

但從這之後，就有了這樣一個傳說，每年五月桃花滿枝頭的時候，曾經的蒂薩斯的河面上總是會飛來一隻美麗的忈雪鳥，比別的任何鳥兒都飛得高，它久久地在河面上一次又一次盤旋，不願意去別的地方。有人說，在桃花開放的最後黃昏，會聽到這只鳥兒的叫聲，它用一種古老奇特的旋律唱著，亡——亡——亡——然後，飛向太陽落去的地方。

THE END

第二屆・入圍
〈附神〉

鐘小建

作者簡介／鐘小建

已出版《死囚器官》等二十九部小說作品
第六屆拍台北電影劇本銅獎
第七屆拍台北電影劇本銅獎
第四屆台灣華文原創故事編劇駐市計畫
喜歡簡單的生活，未來希望作者簡介只出現「獲獎無數」四個字

第四水道綿延的白色水花像極了一條浮在水面的遊龍，不只坐在階梯看台上的學生張大了嘴，就連在泳池邊的體育老師也讓嘴裡的哨子掉落到胸前，手上的碼錶因此忘了按下。

身材曼妙的商依依抓著四號水道的扶手出了泳池，她脫下了泳帽和蛙鏡，露出瀑布般的長髮和精緻臉孔，接著拿起毛巾披在肩頭，逕自往更衣室走去。其他水道的同學甚至都還沒經過折返點，尤其是被排在第七水道的男同學夏初三。

學生們陸續爬出泳池，體育老師宣布成績，商依依的游泳速度簡直已經打破世界紀錄，市立高中二年B班的學生們無不用力鼓掌，他們都把品學兼優的商依依當成女神般崇拜。

就在體育老師即將宣佈下課的同時，泳池內突然傳出水面拍打聲，眾人往泳池的方向看去，赫然發現第七水道的夏初三還沒有游到終點。

「什麼？夏初三還在游？不是大家都上岸了嗎？」體育老師大叫了一聲，眾學生停頓了一秒後開始放聲大笑。

他們會有如此的反應，全都是因為瘦弱的夏初三在班上一直沒有存在感，讓人根本沒有注意到他還沒有游完。

校外教學時，負責點名的班長沒有發現夏初三還沒來，通報司機讓遊覽車從校門口出發，遲到的夏初三只能在後面追著遊覽車；在廁所上大號的時候，即使在裡面的夏初三回敲了門板，還是會有同學不小心把門打開；明明就坐在演講廳的位子上，致詞完的校長還是會一屁股坐在夏初三的大腿上，他並不是被霸凌，而是像個隱形人般存活在這世上。

但對大多數人來說，隱形的不只是夏初三，還有一個踩在泳道浮標上，雙手負在背後緩慢行走的古裝男子。

字神・倉頡。

倉頡穿著一身白色的粗布衣，一副標準古代文人的裝扮，頭上紮著一個布包，下巴留著一撮山羊鬍，雙眼上方還有兩隻緊閉的眼。

「喔！他們終於發現你還沒游完了。」倉頡聽到同學們的笑聲，停下腳步，用腳尖輕輕踢著不斷賣力向前游、卻前進有限的夏初三。

「閉嘴。」夏初三在換氣的時候朝倉頡低聲唸了一句。

體育老師很擔心夏初三再游下去會因為體力不濟而溺水，緊張的拿起掛在牆上的泳圈，急急忙忙拋入池內。

存在感非常低，但是個性非常倔強的夏初三撥開了泳圈，在下節課的上課鐘響前終於游上了岸，但所有同學、包括老師都已經離開泳池。

坐在池邊的夏初三不斷喘著氣，倉頡則是趴在他旁邊，左手托腮，右手輕畫著水面寫起字來。

「我猜那女的一定也有附神。」倉頡並沒有轉過頭，輕描淡寫說著。

「什麼？」夏初三看著他的附神倉頡。

「附神，就跟你一樣，而且我猜她的附神應該是『水神』共工，也只有祂能夠讓宿主游那麼快。」

「你說商依依？她也有附神？」夏初三張大了嘴。

「嗯。」

「為什麼要用猜的？難道你看不到她身邊有沒有附神？」夏初三好奇問道。

「看不到，下到人界的天神，只有宿主才能看得到，就像除了你之外，沒有人知道我的存在。」倉頡站起身子，回想起這次從天界到人界的原因。

※※※

天界自從「毀神」蚩尤被黃帝擊敗後相安無事了數千年，直到不久前，用來關蚩尤的補天塔產生裂縫，竟讓蚩尤的部下破開補天塔，將沉睡在塔內千年的蚩尤喚醒並救出。

得到消息的天界眾神趕往補天塔，和蚩尤方的眾神引發天界大戰，最後蚩尤的部下「暗神」和「殘神」雙雙戰死，但祂們的犧牲卻讓蚩尤順利逃出天界，帶著「破神」刑天和「邪神」辟邪重返人間。

當年蚩尤與黃帝的大戰，蚩尤和四名部下製造了五樣神器，分別是毀神錐、破神甲、邪神翼、暗神盾和殘神靴，其中又以蚩尤的毀神錐威力最強。

當時黃帝收服蚩尤後，為避免蚩尤再度造反，將祂關進了女媧補天石打造而成的塔內，並將毀神錐交由人界保管，若讓蚩尤重得毀神錐，一場浩劫必將再起。

不久前的天界大戰中，雙方各有損傷，加上天界急需重建，能派去追捕蚩尤的天神少之又少，加上眾神都自知難以和蚩尤匹敵，都不情願下人界將蚩尤抓回。這可讓年事已高的黃帝傷透了腦筋，於是想出抽籤的辦法，中籤的天神就得下人界捉拿蚩尤。

中籤的「字神」倉頡是黃帝身邊的文臣，數千年前創造了文字讓人們使用，能力是讓寫下的文字產生力量，但力量不足卻是祂的弱點。越多人拜的神，該名天神的神力就越強大，像倉頡這種世人較少崇拜的天神，神力一直並不突出。

當年因為蚩尤與黃帝間的戰爭，讓人界生靈塗炭，因此天界與人界首領訂下規章、畫下結界，下到人界的天神不能單獨使用力量，得找到一個宿主附在身上，才能夠透過該名宿主使用神力，這過程被稱作附神。

下凡的天神得在七十二小時內找到適合的宿主，不然就會被結界的力量給吞噬進而灰飛煙滅，而附神的方式有兩種，一種是「撿到神」，一種則是較為邪惡的「踩到神」。

撿到神就像撿到一般物品，物權屬於撿到的人，因此主導權會在宿主身上，附神只是一個協助的角色，若附神與宿主屬性相同，那能夠發揮的神力則會有加乘效果，反之則會讓神力驟減。

踩到神就像走在路上踩到別人的腳，必須道歉賠償。當天神利用這種方式找到宿主時，祂會先完成宿主的一個願望當作交換，等到願望實現了，天神就會附在宿主身上，此時主導權就會在該名天神身上，宿主失去了自由意識。

因為踩到神的附神方法過於霸道，加上人類的慾望多半引來邪惡後果，因此這類方法大多是非正派的天神使用。

中籤的倉頡化做一張寫滿字的紙，隨風飄盪到人界，最初的兩天內，沒有一個路人願意將紙張撿起並且仔細看過一遍，直到夏初三的出現。

夏初三是台北某間高中的學生，在校的成績一直非常糟糕，能進到這所高中純粹是靠繪畫天份的加分。他患有閱讀障礙，課本上的字對他來說就像是隨時在跳舞的不規律符號，不僅無法很順利唸出課文，寫出來的字也常顛三倒四。

昨天放學時，一陣風將倉頡化作的紙張吹到了正騎著腳踏車的夏初三臉上，紙張擋住了他的視線，害他因此摔車跌進了路邊的水溝裡。

夏初三眼見害他跌倒的肇因是一張紙，氣得想將紙張撕破，卻在看到上面的文字後停下了手，還不由自主的唸出了那一串像文字又像動物圖騰的符號。

紙的正中央有一個十元硬幣大小的破洞，破洞週圍甚至有燃燒過的痕跡，夏初三跳過了那個洞，持續呢喃唸著。

奇怪的事情在那一刻發生了，字神倉頡從紙張裡爬了出來，這可嚇壞了夏初三，讓他以為自己遇上了鬼。

經過倉頡的解釋，夏初三雖然還有一點驚嚇，但已經能接受倉頡說的「附神」過程。

「你看得懂象形文字？」倉頡問。

「象形文字？怎麼這是文字嗎？我只是覺得這些符號就像動物一樣，只不過……」

「只不過什麼？」倉頡好奇心大起，想聽聽看夏初三對最古老文字的看法。

「畫得很醜，喏！你看，魚其實根本沒有腳，這個符號卻讓魚有了下面的四隻腳，這不是很怪嗎？」

夏初三接著將這些符號批評得一無是處，他沒見到倉頡的臉色越來越難看。身為一個文字的創造者，從來沒有人敢當面批評倉頡的心血。

「喔哈哈！」倉頡為了打斷夏初三的話，故意大笑了一聲，然後接著說道：「我這次下到人界的任務呢，除了逮捕逃犯蚩尤之外，還得找到兩位數百年前就下凡附在人類身上的天神。」

「我一點都不想知道啊！」夏初三攤開了雙手。

「不管，既然你成為了我的宿主，我們就要齊心合作完成任務。」

「我才不要咧！你那任務聽起來太危險了，我只是一個高中生耶！可不可以當作我沒撿到紙、我也不懂什麼象形字，你去找別人當宿主好不好？」

「很抱歉，天神進到人界，附神的機會只能有一次。」倉頡甩開衣袖，緩緩伸出了食指。

「沒有別的辦法？」夏初三的語氣幾近哀號。

「有，唯一的逃脫點就是宿主快死的時候，若晚了一步，該名天神也會跟著宿主一起死亡。」

※※※

這節是國文課，台上的老師正在口沫橫飛講解著古文的注釋。夏初三坐在最後面靠窗的位子，資優生商依依則是坐在他的斜前方不遠。

「你和那個商依依熟嗎？」飄在夏初三身邊的倉頡問道。

「怎麼會熟？」夏初三壓低音量回答道：「你不知道我存在感很低嗎？說不定她根本不知道班上有我這一號人物。」

隱約聽到夏初三在自言自語的商依依半回過頭，往夏初三的方向瞟了一眼，這讓夏初三嚇出一身冷汗，連忙將課本擋在前方，假裝是在唸課文。

「呦！人家注意到你囉，你還不快點趁機跟她打好關係？」倉頡說道。

「你閉嘴。」

夏初三對著倉頡低吼了一聲，卻沒想到講台上的老師以為夏初三是在罵她，於是點了夏初三上台，要他接著翻譯《前赤壁賦》的課文。

夏初三臉色大變，要他將課文一個字一個字唸完就已經是件很困難的事了，現在還要他翻譯古文，簡直比登天還難。

「敢叫我閉嘴，就要有本事將課文唸到通透，快上來。」國文老師說完後，台下同學不斷起鬨。

「上去啊！怕什麼？」倉頡用肩膀撞了夏初三一下。

「上去丟臉嗎？我哪可能會翻譯啊？」夏初三沒好氣說道。

「有我罩著你，怕什麼？忘了我是字神嗎？這點小東西難不倒我，先上台再說，我說什麼你跟著說什麼。」

倉頡的話自有一股威嚴，夏初三只好硬著頭皮拿起課本走上台。

「夏同學，我剛剛講到『徘徊於斗牛之間』，你接著翻譯下去。」國文老師走下台。

「喔。」夏初三點點頭吞了一口口水。

「別怕。」站在夏初三旁邊的倉頡完全不看課文，自顧自地緩緩將古文翻譯成白話文，欣喜的夏初三連忙放下課本，照著他的翻譯唸一遍。

「白色的水氣瀰漫整個江面，水光與天色接連成一片。任隨小船遊蕩，漂浮在茫茫無邊的江面上。心境開闊舒暢，就好像乘風駕馭在虛空之間，不知道將要止於何處，輕飄飄地好像遠離了世俗，超然獨立，飛上天成為了神仙……」

倉頡翻譯到這裡略為停頓，夏初三也跟著停了下來，台下的老師和眾學生都張大了嘴，露出一副難以置信的神情，直到老師回過神率先拍手，整間教室充滿了給予夏初三的掌聲，這是夏初三從小到大第一次在台上獲得掌聲。

倉頡將手附在背後，搖頭晃腦接著說話，夏初三以為他又要翻譯課文，於是湊過耳朵將祂的話大聲說出。

「其實當神仙哪有這麼逍遙？不僅要擔心這擔心那，還要煩惱萬一沒有人拜了，神力就會銳減，我堂堂一個字神，還需要去求世人供奉我嗎？唉——」

夏初三說完這段話之後就知道不對勁，這絕對不是課文翻譯，應該是倉頡自己的牢騷話。台下的老師不以為意，但商依依的雙目卻緊盯著夏初三。

下課鐘響，商依依站起身子，轉身對夏初三說了一句「放學後在校門口等我，我有話要對你說」，然後離開了教室。

商依依這句話讓班上其他男生紛紛發出「喔喔喔」的叫聲，有的甚至抱頭痛哭，吶喊著商依依為什麼會看上夏初三那小子，不就湊巧會翻譯古文而已啊！為什麼偏偏對他另眼相看？

「喏，多讀點書，把妹就容易些，對吧？需要我幫你寫情詩嗎？」倉頡用兩根手指輕夾著鬍鬚根部，然後輕柔地順到鬍尾。

「想太多了，她才不是看上我，我猜她也在懷疑我有附神吧。」夏初三頓了頓之後說道：「怎麼天神也懂如何把妹嗎？」

「不可以嗎？天神也是人啊！」

「天神是人？」

「曾經啦！」倉頡抬起頭遙想千年前的往事，幾秒後嘆了口氣搖搖頭，接著說道：「現在的人已經很少用手寫字、也幾乎沒人在拜我字神倉頡，導致我的神力一年比一年衰退，其實字的力量就是從心到手，再從手到紙張一氣呵成寫出來，電腦印出來的字根本不算字，只不過是一堆沒靈魂的油墨。」

「喔。」錯字高手夏初三不置可否地應答著，然後突然想起一事問道：「既然你那麼弱，為什麼還要派你來執行這項艱難的任務？」

「我不是弱，我也曾經強過，在電腦還沒被發明前，世人只要手寫一字，我的力量就強一分，說我是被時代淘汰的天神也不為過。」倉頡接著說道：「我這趟任務不是只有抓到毀神蚩尤這麼簡單，在我中籤之後，大天神黃帝知道我不是蚩尤的對手，於是要我帶兩樣武器交給『火神』祝融和『水神』共工，這兩位天神在百年前因為彼此惡鬥而被貶下人界，只要祂們二神聯手，要擊敗蚩尤不是不可能，所以首要的任務就是找到他們兩位天神。」

「怪不得你會懷疑商依依的附神就是水神共工。」夏初三點了點頭。

「要不要我幫你寫情詩？我看你對商依依挺有意思的。」

「得了吧！你寫的什麼『之乎者也』誰看得懂啊？」

「說的也是。」

「你結婚了嗎？」夏初三問道。

「嗯？」倉頡先是一陣錯愕，然後回答道：「我是天神啊！」

「天神也是人嘛，曾經，你說的。」

「沒有。」倉頡搖搖頭說道：「我單身。」

「這就對啦，如果你寫的情詩真的那麼厲害，早就該妻妾成群了對吧？」

倉頡苦笑搖了搖頭不再說話，腦子裡想的則是那時眾神聚在一起進行任務抽籤的情景。

當日大天神黃帝以天界存亡關頭的理由聚集了眾天神，即使在天界大戰中受傷的天神也依約前往。黃帝向眾天神說明這次集合的目的，黃帝明白這次任務的困難度，並沒有天神願意到人界送死，但如果不這麼做，被蚩尤找到藏於人界的毀神錐，那天界眾神都難逃一死，於是祂忍痛抽出了一只籤。

就在黃帝準備打開籤時，擔任文官的倉頡偷瞄到了籤內的文字，上面寫著「孕神」兩個字。孕神雲霄俗稱註生娘娘，主管婦女的懷孕、生產，是許多不孕婦女或懷孕婦女的信仰寄託。在天界大戰中，蚩尤方的暗神想利用暗神盾將太陽遮住，讓人界不見天日，將黑暗的恐懼植入剛出生的小嬰兒心裡。

不捨人世間的小孩受苦，孕神雲霄打算犧牲自己也要讓人世重見光明，雖因此擊敗暗神，但雲霄也身受重傷，需要其他諸神攙扶才能夠來參加這場眾神會議。

黃帝偷眼看向倉頡，跟隨黃帝爭戰許久的倉頡明白黃帝的意思，閉上眼睛點點頭，利用自己的神力，將「孕」改成了筆劃相近的「字」。

「中籤的是『字神』倉頡，各位有反對的意見嗎？」黃帝登高一呼，其他眾神盡皆臣服。

黃帝感念倉頡自願挺身而出，不惜違抗天命，偷偷將兩樣神器交給倉頡，並告訴倉頡火神與水神的下落。

「放心吧！孕神的『孕』字就像一個大腹便便的母親保護著肚裡胎兒，而我的『字』呢，則是將『子』用『宀』這個屋頂給罩住，沒有母親，有屋頂有什麼用呢？」

倉頡說完後，化成一張紙飄落人界。

※※※

夏初三怯生生地牽著腳踏車來到校門口，倉頡則是坐在腳踏車的位子上，捧著竹簡朗讀古詩。

商依依約夏初三在校門口見面的事情已經幾乎傳遍了全校，校門口內外擠了不少等著看好戲的學生。

商依依出現在校門口，她拍了拍夏初三的腳踏車椅墊，不會被任何人看見的倉頡連忙跳著躲開。

「載我。」

商依依的音量雖然不大，但站在校門口附近的同學都聽見了，紛紛發出「喔喔喔喔喔喔」的低吼聲。

「嗯。」夏初三尚未會過意，準備跨上腳踏車，下一秒，他的大腦解析完那兩個字後，也發出了和其他同學一樣的聲音。

「喔喔喔——妳……妳妳妳要我載妳？」

「喔什麼喔啦，快點。」商依依拍了夏初三的後腦一下，他才像是三魂七魄瞬間回魂般坐上腳踏車，等到商依依坐在後面的置物架之後，夏初三踩著腳踏車離開校門。

兩人才甫出校門，天空中突然落下了雨點，路人紛紛加快腳步躲雨，夏初三踩著腳踏車往騎樓靠去，停車之後打開包包找折傘。

「幹嘛停下來？」商依依冷冷說道。

「躲雨啊！你沒看到雨越下越大了嗎？」夏初三停止翻找，想起今天出門時根本沒帶雨傘。

「你看過水神怕被雨淋濕的嗎？」

商依依說完後，夏初三瞪大眼睛回過頭，斷斷續續說道：「妳……妳妳妳……妳真的是……水神？」

「正確來說是水神的宿主。」商依依輕推夏初三一把，要他繼續往前騎。

夏初三踩動踏板，他原本以為一出騎樓就會被雨水淋濕，但豆大的雨滴突然像是會轉彎似的，在兩人上方三公尺處就順勢滑開，好似兩人周身有個會移動的透明防水罩。路人看到這奇觀，紛紛投以驚訝的目光。

「真是太神奇了，水神好厲害啊！」夏初三發出驚嘆聲，飄在他上方的倉頡聽的很不是滋味。

「你也有附神吧？你的附神是誰？」坐在後座的商依依問道。

「我的附神是……」夏初三邊騎著腳踏車，邊往上看了一眼。倉頡做出「告訴她」的手勢後，夏初三接著說道：「字……字神。」

「嗯。」商依依點點頭，然後看了旁邊一眼，她的身旁有一名將雙手交叉在胸前，兩腳不斷向前跑動的天神，祂是水神共工。

共工穿著水藍色武士服、腰間插著兩把刀、藍色長髮不斷飄動，就像河流般在空中躍動著。

共工看起來的年紀不太，皮膚非常白皙，五官十分立體精緻，瘦長的身材讓祂看起來極有行動力。

倉頡和夏初三都看不到共工，只見共工做出不屑的表情對商依依說道：「原來是倉頡啊，沒什麼能力的天神，就憑祂也想來捉拿毀神蚩尤？」

商依依對著共工聳了聳肩，她選擇不將這段充滿輕蔑的話語告訴倉頡和夏初三。

倉頡確認了水神的身分，拍了拍夏初三的肩膀，努了努下巴示意夏初三把祂這趟任務告訴水神共工，夏初三點了點頭。

「咳……是這樣的，大天神委託字神帶下兩件神器，分別是暗神盾和殘神靴，字神的首要任務就是找到火神和水神，將兩樣神器交給他們然後將蚩尤捉回天界，避免讓祂找到藏於人界的毀神錐。」夏初三稍微回過頭說道。

「嗯，水神說將兩件神器交給祂就好。」商依依轉達共工的話說道：「根本不需要找到祝融那傢伙，祂一個就可以打倒蚩尤。」

「不行，這是大天神給的任務，我必須找到兩位天神。」夏初三轉達倉頡的話。

「好吧！既然你堅持一定要找到火神，那你知道火神在哪嗎？」

「不知道。」夏初三停下腳踏車。

「喏，遠在天邊，近在眼前，你不覺得雨到這裡就停了嗎？」商依依指著前方一個麵包店說道：「祝融就在那裡。」

「麵包店？」夏初三將腳踏車停在一旁，兩人下車後走向麵包店。

只見麵包店內外人滿為患，數十位顧客將十坪大小的店面擠得水洩不通，而且絕大多數的顧客都是婦女。

「不要搶、不要搶，麵包還很多，下一批麵包快要出爐了！」

一名身穿廚師袍、皮膚黝黑、面容俊俏的年輕男子站在收銀台上，居高臨下對著婆婆媽媽喊著。他的任何一個舉手投足都引來女性顧客的瘋狂尖叫，收銀台彷彿變成四面開放的舞台，站在台上的年輕男子是個超級巨星。

「不二做的麵包最好吃了！」

「今天的麵包我通通包了，妳們都給我滾出這裡！」

「不二，我出一百萬讓你開店，你在這裡當麵包師傅只是委屈了你啊！」

女性顧客妳一言我一語不斷推擠著，被擠到門外的老闆笑得非常尷尬，周不二可是他這間店的王牌，要是周不二跳槽到別家麵包店，他這間店沒多久準會倒閉。

「你要找的人就在那裡。」商依依隔著玻璃窗指著站在收銀台上的周不二。

「他？他就是火神？」夏初三大吼著。

「噓……小聲點。」商依依伸手摀住夏初三的嘴，但現場一片混亂，根本沒有人注意他們說了什麼。

「能證明嗎？」夏初三說出了倉頡心中的疑慮。

商依依回答道：「是水神說的，水神共工和火神祝融糾纏了這麼多年，水神說祂用鼻子就能聞出祝融在哪，火神這次附在一個年輕的麵包師傅身上，這間麵包店會有這麼多人排隊，全都是因為火神的伎倆，掌控火喉可是祂的拿手戲，要做出全世界最好吃的麵包對祂來說根本輕而易舉。」

「原來如此啊！」夏初三十分同意，接著問道：「那我們要怎麼接近他？他現在幾乎被這些歐巴桑給包圍了。」

「很難嗎？鎮暴部隊趕走抗議民眾這畫面看過吧？」

商依依剛說完，夏初三的腦子裡馬上浮現電視新聞看過的畫面，眼睛突然撐大。一旁的倉頡抓著夏初三的臂膀大叫：「快躲開，水神要發威了！」

商依依和水神共工做出同樣的動作，將右手掌輕擺到背後，五指像是抓東西一樣曲了起來。神奇的事情發生了，方圓百公尺內的水源，活像是有了磁力般，全都化成半固體狀朝商依依的手掌心飛去。

有顏色的果汁從路人的飲料杯裡溢出；街角的消防栓蓋「啵」的一聲彈開，底下的水噴了出來，卻像被一陣強風吹過一樣全都歪向商依依；剛下過雨的路面開始變得乾燥，水珠先是升空匯聚成一顆大水球，然後往商依依的方向移動……

商依依的手掌就像是一台強力除濕機，瞬間將周遭的水份抽乾，她的手掌心飄浮著一顆濕度破銾的水球。

夏初三和倉頡躲在店門外，千年前見識過水火二神大戰的倉頡知道兩神再度開戰會引來什麼後果。

商依依嘴角上揚，將手中的水球朝店內丟去。

站在收銀台上安撫顧客的周不二雖然察覺到了襲來的水球，但卻慢了一步，因為水球並非直接往他砸去，而是飛向店內的天花板。

水球碰撞到天花板，炸開無數顆水花，濕淋淋的天花板宛若被啟動了滅火裝置，水珠像是永不耗竭似的朝下狂噴，底下的婆婆媽媽被噴得尖叫連連，唯獨周不二並沒有被噴濕。

水珠還沒到周不二的身上就被蒸發成水蒸汽，他的身上隱隱散發著紅色的光芒。

穿著火紅戰袍的祝融原本托腮趴在烤箱前的平台，水球來襲那一刻祂瞬間移動至周不二的身後，擺開戰鬥姿勢。除了鮮紅的髮色之外，祝融長得和周不二有幾分神似，火神背後背著一柄巨劍，祂將右手握在劍柄，隨時準備抽出。

進入備戰狀態的周不二和祝融環顧四周，尋找突襲者，就在他們的眼神同時看見站在門口、手握漂浮水球的商依依時，祝融猜到了是怎麼一回事，破口大叫著：「又是共工那傢伙！」

祝融跳下桌面朝商依依奔去，從來沒看過祝融如此生氣的周不二連忙跟著動作，推開了被水噴到不知所措的婆婆媽媽們。

附神有個規定，就是不能離開宿主超過十公尺遠。周不二是祝融數百年下來找到的最佳宿主，不僅體能優越、對火的認知足夠，兩人的默契也是絕佳，因此周不二才會做出跟上祝融的判斷，好讓祝融能在有效範圍內做出攻擊。

大約在兩年前，祝融的前一代宿主因病過世，祝融在他病逝前，找到了麵包師傅周不二。周不二聽了很多有關火神祝融的過往，知道祂和水神共工是死對頭，卻沒想到共工這代的宿主會是一個女高中生。

水火不容，商依依在共工的提點下早有準備，將剩餘的水球向周不二丟出。周不二也不惶多讓，利用火的特性將水珠燒乾，被困在店內的顧客們最明白什麼叫做「水深火熱」。

兩人的惡鬥持續了好一陣子，始終不分上下，躲在一旁的夏初三原本想趁機開溜，卻被倉頡一把抓住。

「你想去哪？還不快救人？水火二神大戰由來已久，恩怨一時間難以排解，但店內那些人是無辜的，快讓他們出來。」

「水神和火神在店門口惡鬥，誰能夠接近的了啊？」夏初三大叫道。

「哼哼，這時候該我們出場啦！」倉頡稍微挺起胸膛說道：「你在店牆外寫個『破』字，那堵牆就會應聲而碎，等於多開了一道門，那些人就可以逃出來了。」

夏初三聞言精神為之一振說道：「你是說我也可以像商依依一樣擁有神力？」

「那當然，別忘了你也有附神。」

「好，那我們快去救人。」

夏初三說完後一馬當先衝了出去，倉頡笑著搖搖頭隨即跟上。

「我該怎麼做？」夏初三問道。

「伸出食指在牆上寫字就好。」倉頡站在夏初三背後，伸手搭在他的肩膀上，準備將神力透過夏初三傳導到牆壁上。

「好！」夏初三舔了舔舌頭，隨即將右手食指抵在麵包店的外牆上，但下一秒，他寫了一個讓倉頡瞪大眼睛的字。

「你到底國小有沒有畢業啊？這哪是『破』字？這是……」

倉頡還沒說完，牆壁突然傾斜了四十五度，但絲毫沒有任何破口，在店內的眾人以為受水火交攻之餘還來了地震導致屋子變形，嚇得紛紛大叫，卻始終無法奪門而出。

夏初三低頭尷尬說道：「就跟你說過我有閱讀和寫字的障礙嘛，是你自己硬要附在我身上的，還怪我？」

原來夏初三在牆壁上寫的是個「坡」字，和「破」字差了部首，導致整面牆壁傾斜了過來。

「破是石字旁啊！石啊！石頭的石啊！」倉頡邊說邊用指節敲著夏初三的後腦勺。

「原來是石啊，可以讓我再寫一次嗎？」

「我真服了你了。」倉頡沒好氣地再度將神力傳送到夏初三體內，這次夏初三小心翼翼避免寫錯字，一個「破」字足足寫了近十秒。

字一寫完，那個醜醜的「破」字就像是有靈性般，先是發出了強烈的光芒，然後牆面開始剝落，掉下了拳頭大小的水泥塊。

「成功了！成功了！成功了……成……」

夏初三大聲歡呼著，但歡呼聲卻越來越小。他斜過眼睛看著身後的倉頡一眼，然後用毫無感情的聲音說道：「就這樣？這和我想像的牆面劈哩啪啦整塊剝落不太一樣耶！」

倉頡先是臉一紅，然後尷尬地說道：「我說過啦！沒有人拜的神，神力就會非常低，能夠讓一塊水泥剝落，已經算是非常成功了。」

夏初三眼睛瞇成了一線，當他看著商依依和周不二如此神威的對決，再回頭看見牆壁上那巴掌大的洞口，深深覺得自己的附神很弱，相形之下，他的閱讀障礙就顯得不那麼重要了，反正倉頡的極限就是如此。

雖然牆壁只有一個洞口，但被困在店裡的人就像是溺水的人突然抓住一塊浮木，用力朝洞口挖掘。一隻手從裡面伸了出來，接著旁邊的水泥在裡面的人大力推擠下逐漸崩塌，洞口碎裂到足以讓人通過後，裡面的人紛紛從洞口魚貫逃出。

「成功將那些顧客救出了，那要怎麼阻止水神和火神的惡鬥？」夏初三問著倉頡。

倉頡低頭沉思了一會兒，這個連大天神黃帝都難解的問題，的確考倒了倉頡。

「你不是說黃帝要你將兩件神器交給兩位天神，快點拿出來啊！」

夏初三的一席話提醒了倉頡，祂連忙從寬大的布袍衣袖裡拿出兩樣比手掌還小上許多的模型，祂將兩樣模型交到夏初三手上。

「什麼？」夏初三湊近一看，失聲吼道：「這種公仔模型居然是神器？」

夏初三的手掌心擺放著一雙宛若雲霧的靴子，和一個黑到發亮的小圓盾。

「這是為了方便攜帶，你可別小看這兩樣神器，這可是當年蚩尤率領部眾攻天時打造的……」

倉頡的話還沒說完，夏初三的身邊突然伸出了兩隻一黑一白的手，想將神器搶過。

「是殘神靴！」

「是暗神盾！」

火神和水神前一秒還在惡鬥，但當倉頡拿出神器時，兩位天神同時感應到神器現身，不約而同停止互擊，雙雙要宿主飛奔到夏初三身邊，想將神器搶過來。

倉頡一時大意來不及阻止，被周不二率先搶到了暗神盾，慢了半步的商依依則是搶到了殘神靴。

兩樣神器在兩人手上瞬間變大，恢復成實體大小，商依依捧著那雙幾乎沒有重量的殘神靴，周不二則是舉著盾牌，靜靜聽著火神祝融告訴他這面盾牌的來歷。

「喂！你們……」倉頡原本想斥責他們沒有經過別人同意就擅自奪取神器，但轉念想想，黃帝原本就是託祂將神器將給二位天神，於是搖了搖頭苦笑著，總之能夠平息二位天神的戰爭就是件好事。

「有神器早說嘛！要捉拿蚩尤對吧！交給我就行了。」周不二的語氣非常輕浮，當然這是因為他的附神祝融本身也是如此的緣故。

早先共工也講過類似的話，倉頡一把將手貼在額頭上，看來兩位天神都非常自大，覺得光靠自己就能夠打敗蚩尤，但黃帝在倉頡出發這趟任務前曾說過，天界的未來或許就繫在這兩位天神的身上，能夠擊敗蚩尤的非祂們二神莫屬，但前提是這兩位天神願意合作。

「你才去一旁納涼吧！什麼蚩尤、豬油的，管他什麼油，我和水神共工絕對能將祂手到擒來。」商依依絲毫沒有退讓。

「你一個弱……」周不二話尚未說完，他的附神祝融突然感應到不遠處有股妖氣，打斷他的話說道：「東邊有不尋常的妖氣。」

祝融和共工雖然看不到彼此，但這次卻很有默契地同時吼道：「蚩尤！」

商依依和周不二在附神的指示下，不約而同往東邊跑去，還摸不著頭緒的倉頡和夏初三只好快步跟上。

三人三神來到了校門口，商依依向夏初三說明回到學校的原因，是因為火神和水神在剛剛同時感應到某個天神附在宿主身上，而且是用「踩到神」的方式附身。

正派的天神除非在萬不得已情況下，是不會用「踩到神」這種強行控制宿主的附神方式，而這種霸道的附神方式，因為主控權在天神身上，所以該名天神的力量表露無疑，不像倉頡等天神能夠將神力藏在宿主體內，換句話說，會用這種方法附神的，只有蚩尤等邪派天神。

「會是蚩尤嗎？」夏初三問道。

「難說。」倉頡也不敢肯定。

商依依和周不二進入備戰狀態，達到天人合一的境界，意即火神即周不二、水神即商依依，在此狀態下，天神的神力能夠在宿主身上發揮最佳效果，但缺點則是時效限制，天人合一就像是一台急速行駛的燃煤火車，過了一定時間後，燃煤燒完了，附神的能力就會大幅下降，若戰鬥尚未結束，就會是一大弱點。

倉頡和夏初三因為尚在磨合階段，因此並沒有採取天人合一的狀態。

此時已經是傍晚時分，校內空無一人，唯獨行政大樓的某間辦公室還亮著燈光。

「去看看。」即使是和火神合為一體的周不二也不敢大意，努了努下巴，示意商依依一起去那間辦公室察看。

「那還用說？」商依依冷冷回道。

一行人蹲低身子悄聲走向那間燈火通明的辦公室，商依依偷眼從窗戶往辦公室內看去，赫然發現教務主任就站在玻璃後面，對著她微笑。

商依依心虛地快速低下頭，其他二人連忙問她看到了什麼？

商依依還沒來得及答話，教務主任已經穿過門口來到他們面前。

教務主任的年紀大約五十出頭，幾絲稀疏的頭髮平貼在頭頂，寬大的西裝包覆著略胖的身材，他笑臉盈盈看著身穿制服的夏初三和商依依，問道：「咦！妳不是二年B班的商同學嗎？這麼晚了在這裡做什麼呢？」

「主任……我……」商依依一時之間不知道該說什麼，夏初三飛快搶著答道：「我的隨身碟忘在電腦教室，所以想回來找找。」

「喔！」教務主任做出恍然大悟的神情說道：「原來如此啊！可是管理電腦教室的老師都下班啦！你們明天再來拿吧！」

「嗯，好。」夏初三尷尬地點點頭。

教務主任看了周不二一眼問道：「這位是……」

「喔。」周不二瞄了夏初三制服上繡的姓名後說道：「我是初三的哥哥，我叫夏初二，陪他回來拿隨身碟。」

「喔！這樣啊！真是辛苦你了，讓你白跑一趟。」教務主任左手扶了扶眼鏡，伸出右手想與周不二握手。

周不二禮貌性地與教務主任握過手之後，隨便說了幾句客套話就帶著商依依和夏初三離開辦公室。

教務主任送他們到校門口，等到三人走遠後，他那張笑臉慢慢收斂，到最後取而帶之的是一張陰沉的面容，在他身旁站著一個身高超過兩公尺，穿著紫金色盔甲卻沒有頭的天神。

破神・刑天。

刑天的身上穿著上古神器「破神甲」，此甲號稱刀槍不入，是世上最強的防禦盔甲，搭配上刑天慣用的大斧，讓祂成為蚩尤手下第一號猛將。

「嫩，散發出一點邪氣，就成功將那幾個天神給引過來，我沒猜錯的話，那一男一女的附神應該是祝融和共工，至於那個男同學……雖然看不太出來，但我想應該也不是什麼厲害的天神，畢竟前些時候我和辟邪引起的天界之戰中，天界眾神也付出了慘痛的代價，能派下人界的天神少之又少，所以要提防的只有水火二神，暗神盾和殘神靴應該在他們身上。」

刑天雖然沒有頭顱，但他盔甲上胸前的位置隱約浮現一個獸形頭，當他說話時，盔甲接縫處還會跟著開合。

「破神大人，既然如此，剛剛怎麼不順便把兩樣神器給搶過來？」教務主任卑躬屈膝問道。

刑天盔甲上的雙眼斜視了教務主任一眼，然後刑天開口說道：「不急，那兩樣神器在他們身上不見得是壞事。再說，你以為水神和火神聯手，是好對付的嗎？看我一個一個將他們各個擊破。」

「破神大人說的對。我這麼配合……那我的心願……」教務主任搓著雙手，抬頭看著刑天。

「這種小事你到底要說幾次啊？」刑天用不耐煩的語氣說道：「校長我已經幫你抓起來了，只要讓他失蹤，你就是代理校長了，人類的慾望，不外乎錢和權，哼哼！對我來說都是小事一樁。」

刑天從辦公桌下拉出一個被五花大綁的中年男子，他是這間學校的校長，和教務主任素有嫌隙，稍早準備下班的時候突然被看不見的力量給綑綁了起來，水火二神感應到的邪惡力量，就是破神刑天和教務主任的慾望組合。

「要讓一個人永遠消失太簡單了。」

刑天說完後輕輕用粗長的手指將不斷悶叫的校長夾了起來，然後丟進盔甲大張的嘴裡。校長就像是被丟進絞碎機裡的肉塊，沒幾秒鐘整個被刑天的身體吞噬。

目睹恐怖景象的教務主任臉上的表情非常複雜，既高興他即將成為代理校長，又煩惱萬一惹怒了破神刑天，自己會不會變成下一個被分屍的對象？

刑天像是猜到教務主任內心的想法，盔甲上的眼睛緩緩移向他，然後伸出手掌將教務主任的頭用力壓下，直到教務主任跪倒在祂腳邊。

「只要你乖乖聽話，我保證你不只當上校長。」

「是、是、是。」教務主任用力磕起頭來。

※※※

翌日朝會，全校同學站在操場上排成一列一列，聽著台上教務主任的報告。

「各位同學，校長可能今天臨時有事，還沒有來學校，就由主任這邊來主持朝會升旗。」教務主任微笑道：「我相信台下很多同學都曾經因為睡過頭而遲到，校長也是人，所以遲到個一兩次也是很正常的。」

台下同學發出陣陣竊笑，他們不知道的是，校長在昨晚就被破神刑天給解決掉，失蹤的非常徹底，沒有任何人找得到他。教務主任在台上故作輕鬆，就是為了表現出一切與他無關。

在人群中一點都不顯眼的夏初三打了個大哈欠，他會如此疲累的原因，是因為昨晚倉頡對他進行了「寫字特訓」。患有閱讀障礙的他常將字寫成左右顛倒、或是部首不對，這讓字神倉頡非常頭痛，祂本身的神力已經不強了，宿主若是寫錯字，祂的神力又更加大打折扣，於是昨晚才會和夏初三挑燈夜戰，親自教導他寫字，現在夏初三對攻擊型的字例如「破、火、炸」等等已經不會出錯，但寫字速度還是慢了一點。

「啊——」大張著嘴的夏初三眼角擠出一點淚水，正當他要合攏嘴巴時，他突然看到一幅奇怪的景象。

「嗯？」夏初三用手揉了揉眼睛，他瞪大眼睛看著司令台上的教務主任，然後低聲對一旁的倉頡說道：「喂！你有看到嗎？」

原本捧著書，在隊伍前搖頭晃腦的倉頡順著他的目光看過去，然後問道：「看到什麼？」

「教務主任後面啊！一個身材又高又壯碩，穿著盔甲但是卻沒有頭的人。」

「嗯？」倉頡聞言大驚，因為夏初三的形容，像極了破神刑天，祂連忙問道：「在哪？你說的那人在哪？」

「喏！不就在……咦！怎麼不見了？」夏初三左顧右盼，都沒再看到那個無頭人。

「你確定你沒有看錯？」倉頡緊張地來到夏初三面前。

「我把剛剛看到的人像畫給你看。」

夏初三不顧還在開朝會，偷偷從口袋裡拿出紙筆，素有繪畫天份的他，簡單幾筆畫將剛剛看到的景象描繪在白紙上。

「這真的是刑天，看來祂附在教務主任身上，可是……你怎麼會看得到祂？」倉頡用非常奇怪的眼神看著夏初三。

「我也只是一晃眼看見的，你不是說過附神無法離開宿主太遠，現在我就沒看見教務主任身後有附神。」

倉頡先不管刑天，而是想起了一個古老的傳說。數千年前，黃帝打敗蚩尤後，將蚩尤的毀神錐送至人界，並託由人界的首領看管，以免毀神錐重回蚩尤手中造成浩劫。

當時人界的首領，是一名叫做堯的部族領袖，堯死後，將收藏毀神錐的地點，告訴了舜，然後是禹，這三位人界首領都有一個特點，就是能夠看到天神，即稱「天眼」，毀神錐會以各種方式跟隨著擁有天眼的人類。

天眼這能力當然不是與生俱來的，而是黃帝為了與人界首領溝通，特地讓他們擁有的能力，這能力並非代代相傳，而是隨機出現在當代某個人身上，因此，堯才會窮盡畢生精力，找到了也擁有「天眼」的舜，並將王位傳給他，毀神錐與天眼的秘密才得以流傳下去。

堯將毀神錐藏起那天，天空烏雲蔽日，白天瞬間變成了黑夜，那是因為大天神黃帝不想讓諸神看到堯將毀神錐藏於何處，這秘密只有人界首領知道。

毀神錐的秘密傳到禹時，因河水氾濫導致民不聊生，身為人界首領的禹只好將毀神錐取出，他一個人扛著毀神錐來到山頭，將毀神錐一把錐下，高山變成了堤防，擋住了河水的竄流，大地恢復了原來的樣貌。

但在數千年後，三峽大壩的興建，需將那座山剷平，也因此讓插於山上的毀神錐隨著水流向大海，從此不知去向。

「你……你有天眼？」倉頡倒退了兩步，用非常驚恐的表情看著夏初三。

經過倉頡的解釋，夏初三也開始對自己是否擁有天眼而半信半疑。夏初三轉過頭，赫然發現排在後面的商依依身邊，果然站著一個像冰雪一樣的天神。

水神共工睥睨著夏初三，祂皺起一邊眉頭，和倉頡有著一樣的疑問，這小子難道真的擁有天眼，能夠看到別人的附神？

夏初三不敢和水神四目相望太久，回過頭裝作什麼都沒看見。

教務主任報告完後，接著是頒獎典禮，段考成績第一的商依依理所當然上台領獎，就在教務主任即將把獎狀遞給商依依時，教務主任突然「哎呀」了一聲，然後一臉歉疚對商依依說道：「這張獎狀上的名字打錯了，妳是小鳥依人的依，卻打成衣服的衣，真是抱歉啊！商同學，這張獎狀我請人重印，方便的話，妳今天放學的時候到我辦公室來拿。」

「嗯。」商依依微微點頭當作回答，然後隨著其他學生轉身下台。

下課時間，夏初三來到商依依的位子前，低聲告訴她，教務主任的附神是刑天，他要她放學去辦公室絕對不懷好意，說不定教務主任也知道商依依有附神，這樣單獨去赴會簡直是自尋死路。

「你放心吧。」商依依一手托腮，另一隻手翻著課本，視線全在課文上，輕輕說道：「就算他的附神是蚩尤又怎樣？我和水神可不是這麼好對付的。」

「話不是這麼說……」

商依依抬起頭，凌厲的眼神讓夏初三不敢再說下去，夏初三只好摸摸鼻子坐回自己的位子。

放學鐘響，夏初三拎著書包跑出了教室，飛在他一旁的倉頡問他要去哪，他只簡單回答：「麵包店。」

夏初三側身撞開了麵包店的玻璃門，掛在上方的鈴鐺叮鈴作響，負責顧店的周不二原本轉過身面帶微笑，看到進門的是夏初三後，面容瞬間垮掉。

「你來幹嘛？」

「不二你聽我說，依依她要單獨去見教務主任，昨晚我們看見的教務主任，他的附神是刑天，我們快去救她啊！」

「喔？刑天？不是蚩尤？」

「不是。」

「那就不關我的事啦！像刑天這種蝦兵蟹將，還用不到火神出馬。」

「咦！」夏初三沒想到周不二這麼無情。

「沒有要買麵包就請你離開吧！」周不二手一擺，轉身繼續操作烤箱。

夏初三啞口無言，只好沮喪地轉身離開麵包店，踩著腳踏車折回學校。

奮力騎到校門的夏初三才剛拋下腳踏車，就看見行政大樓的辦公室裡傳出不尋常的光芒和激鬥聲，即使他和倉頡的能力有限，但他們都不是只會坐以待斃的人，於是夏初三對倉頡點點頭，倉頡明白他的意思，夏初三要祂進行「天人合一」，雖然這招他們才剛練沒多久。

倉頡完全附在夏初三身上不分你我，夏初三快步奔上樓，正好遇上被教務主任甩出，飛身撞上門板的商依依。

「哇——」夏初三大叫一聲，然後將商依依扶起。

「可……可惡……」商依依的嘴角流下鮮血，而站在十步之外的教務主任則是面露微笑，這場戰鬥誰佔上風非常明顯。

教務主任的體型變得非常高大，被撐爆的西裝下穿著神器「破神甲」，這就是「踩到神」能夠發揮的極致力量，因為主控權在破神刑天身上，教務主任只是一個任人宰割的魁儡。

「依依，我來幫妳！」

商依依甩開了夏初三的手，大聲吼道：「滾開，我堂堂一個水神，會需要你這種三流天神幫忙？」

商依依起身再戰，她將附近的水源都吸了過來，不規則形狀的水滴在她周身靜止不動，像是源源不絕的士兵在空中按兵不動等候商依依的指令。

「去！」商依依將雙手往前方甩，數萬顆水珠向教務主任彈射而去，但教務主任完全沒有閃躲的意思，只是面露邪惡的微笑張開粗長的雙臂。

「趴趴趴——趴趴趴——」

水珠像是撲火的飛蛾，盡數撞在教務主任的盔甲上，破裂成更多細碎的水珠，但教務主任卻毫髮無傷，甚至他那抹詭異微笑的上揚角度完全沒有減少。

「玩夠了吧？該我囉！水神……今天就是你的死期！」

教務主任從背後緩緩拔出掛在背上的巨斧，那柄巨斧的長度足有一個成人高，斧口呈現暗紅色，狀似有血液乾涸在上面。教務主任將斧頭高舉過頭，斧身遮住了天花板的燈光，在底下的商依依抬起了頭，全身慢慢被斧頭的陰影給遮蔽。

「去死！」

教務主任用力將斧頭劈下，動作宛若泥鰍的商依依在千鈞一髮之際躲過斧口，向上跳躍。斧口在水泥地上砸出一個大洞，水泥塊頓時漫天紛飛，但教務主任卻絲毫不以為意，反而放聲大笑。

「哈哈哈！妳中計了！」

教務主任騰出右手，將向上跳躍的商依依逮個正著，他的虎口緊握著商依依的雙腳踝，並將她倒了過來，模樣就像一隻正抓著小獵物在玩弄的巨熊。

「喔！殘神靴在妳腳上啊！那我就不客氣收下啦，哈哈哈哈哈！」

教務主任放下巨斧，想將商依依腳上那雙來無影去無蹤的殘神靴給脫下來，被倒吊著的商依依無法施力，只能不斷轉動身子，卻徒然無功。

「喂！快想辦法救依依啊！」夏初三催促倉頡救依依，毫無存在感的缺點在此刻變成了優點，教務主任並沒有發現他在巨斧落地時趁勢躲到了辦公桌下。

「我能有什麼辦法？對方是刑天啊！」倉頡無奈答道。

「你……唉，至少想個什麼字解救依依吧！」

倉頡沉吟了一會兒之後說道：「這裡是二樓，在刑天的腳下寫個『陷』字，讓祂墜落如何？」

「我還沒寫完就被祂踩死了吧，而且……而且……」夏初三臉紅說道：「這個字太難了。」

倉頡已經不知道該罵什麼，只好說道：「好好好，那寫個……寫個……」

就在倉頡猶豫不決之際，依舊頑強抵抗的商依依已經被脫掉一腳靴子，她冷不防半收回尚穿著殘神靴的右腳，對準教務主任的下巴踢去。

殘神靴的力道之大，讓教務主任被踢得差點眼冒金星，不過他依舊緊抓著商依依的腳踝。

「妳他媽的找死！」教務主任拾起巨斧，怒不可抑的他準備一斧將商依依的身體給劈開。

「快放開我！」知道自己命在旦夕的商依依不斷猛踹，但頭上腳下的她很難踢中教務主任。

教務主任大吼一聲將巨斧劈下，拚命掙扎的商依依知道自己死期將至，閉上眼睛不敢看。

「啊！」目睹這一切變化的夏初三下意識衝到教務主任面前，伸出右手食指和中指，飛快在教務主任的腰際寫下了「木」字。

教務主任從腰部以下開始木化，盤根錯節的樹根將他的雙腿包覆，還不斷漸漸往上爬。

「嗯？」查覺到自身變化的教務主任停下斧頭，低頭往下瞧去，對著夏初三冷冷說道：「原來是字神倉頡，這種三流天神也想對付我刑天？少、作、夢、了！」

教務主任怒吼一聲，奮力邁開腳步，那些附著在他腿上的樹根像是脆弱的玻璃般層層碎裂，他一腳踩在向後跌坐的夏初三腿間。

「怎⋯怎麼會沒用？」驚慌失措的夏初三瞪大眼睛看著異常巨大的教務主任。

「哈哈哈！三流天神的神力對我怎麼會有用？你是不是太天真了？」教務主任笑完後吼道：「一個一個來，等我解決掉共工，下一個就是你倉頡。」

教務主任再度高舉巨斧，無計可施的夏初三不忍卒睹商依依的慘況，用力閉上了眼睛。手起斧落。

「吭——」

金屬碰撞聲讓商依依和夏初三都睜開了眼睛，這和預期的斧頭砍向身體的聲音不同，兩人睜開眼後不約而同看著上方。

暗金色的圓盾。

圓盾擋在商依依頭頂上方數公分的位置，而持鈍的則是飛身趕至的周不二。

「不二！」夏初三大叫了一聲，語氣充滿欣喜，周不二總算在最後一刻趕至，並解救了商依依。

「喔？又來了一個？哼哼！就算水神和火神一起上，我也不怕。」教務主任將手中的商依依甩出，然後擺出備戰姿勢。
商依依像是柔絲般輕巧落地，她和周不二同聲說道：「誰想和她（他）合作啊？」
兩人互看了一眼，下一秒旋即轉過頭用鼻孔「哼」了一聲，水神和火神積怨已久，這股糾纏近千年的恩怨即使是宿主也能感受到。
周不二撇過頭不看商依依，對著空氣說道：「我只是正巧路過，不小心用暗神盾救了妳，既然妳那麼厲害，這隻怪獸就交給妳啦！」
「誰稀罕你救？你要是不來搗亂，刑天早就被我給打倒了。」商依依依舊嘴硬。
「好，就看妳表演，請。」周不二做了個手勢，一旁的夏初三看得眉頭直皺，他沒想到水火二神連這時候都可以拌嘴。
「哼！」商依依突然轉過頭看著夏初三說道：「倉頡，快告訴我刑天的弱點在哪？」
「嗯？」夏初三萬沒想到商依依會問這問題，但他體內的倉頡卻代答道：「等等啊！讓我翻一下字典。」
夏初三的手上突然多了一本封面非常古老的字典，他的手不由自主翻了起來。
這本字典記載了世界上所有的事物，是倉頡的法寶，水神共工知道倉頡神力不行，但知識卻是非常淵博，才會有此一問。
「找到了、找到了，刑天的弱點在……」
教務主任不容夏初三說完，搶先對商依依發動攻勢，吃過悶虧的商依依不敢再貿然迎戰，使出游鬥的身法快速在教務主任周身盤旋。

「是什麼？還不快說？」商依依催促道。

「喔喔喔！是……是……這個字怎麼唸？」

夏初三的最後一句話讓商依依差點停止戰鬥，衝過來掐他脖子。

「夜……夜……這是夜嗎？」夏初三嘀咕了一聲，他體內的倉頡看不下去，無奈說道：「是腋……腋下。」

「喔喔喔！腋下，祂的弱點在腋下。」

刑天聽到夏初三的話，用非常奇怪的表情看了他一眼。

「收到！」商依依不再游鬥，而是開始想辦法該怎麼衝破刑天的破神甲，直取祂的弱點。

「哈哈哈！讓你們知道我的弱點又如何？」教務主任刻意將雙手舉起，然後用非常戲謔的語氣挑釁道：「來啊！」

「哼！」商依依甩手攻擊，五道水柱從她的指頭噴射而出，但水柱就像澆花器噴灑在牆壁上的水花，根本難以撼動無堅不摧的破神甲。

「好了，玩夠了，該送妳上路了。」

教務主任張開雙臂朝商依依撲去，一旁的夏初三被這可怕的氣勢嚇得呆站原地，表面上漠不關心的周不二則是緊抓著暗神盾，用銳利的眼神緊盯著教務主任，若有必要，他會再度用暗神盾解救商依依。

商依依不閃躲，而是踩著單腳殘神靴，以硬碰硬的方式朝教務主任攻去。

就在兩人快要接觸到的那一剎那，商依依的身體突然消失無蹤，她腳上的殘神靴讓她奔進了看不見的空間內。當她再度出現時，她的身體變成一團銀色的液體，從破神甲的縫隙裡鑽了進去，教務主任被商依依突如其來舉動驚嚇到急停了下來。

「啊！太厲害了，這樣就能夠找到弱點了！」夏初三明白商依依的攻擊方式，就算破神甲的防禦再嚴密，在接合處一定有縫隙，而無定狀的水只要有一點點空間，就能夠滲透進去，這就是水的特性。

教務主任呆立著，低著頭看著自己的身體，眼神緊張地搜尋化成水狀的商依依會在何處？

時間彷彿靜止，辦公室內的三人一動不動，突然一顆汗珠從教務主任的額頭滑下，就在汗珠即將落地時，教務主任的慘叫聲劃破了片刻的寧靜。

「啊啊啊啊啊啊啊——」

一根銀色針狀物從教務主任的體內刺出，他不由自主高舉著右手，銀針刺穿了他的腋下，深黑色的血液像是搖晃過後的氣泡飲料，找到宣洩口後不斷狂噴。

銀針散發著冰冷的霧氣，那是液化後的商依依最厲害的武器，水在冰點會結冰，原本沒什麼殺傷力的液體變成銳利的武器，商依依在成功刺穿教務主任的腋下後，一躍而出變回人形。

「你……你們……」教務主任單膝跪地，臉現痛苦之色，他喘著氣說道：「你們就算打敗我……辟邪和蚩尤也會為我報仇的……哈……哈哈……」

教務主任倒地不起，他身上的附神刑天則是化作一團煙霧，離開了宿主。

※※※

隔天早上，升旗典禮的主持人換成了學務主任，他一樣開著校長和教務主任可能睡過頭的玩笑。經過一夜激戰的商依依和夏初三則是請假一天，沒來學校。

夏初三睡到中午才醒來，一睜開眼，就見到倉頡打開他的筆電瀏覽資料，他抓了抓頭髮下床走到書桌旁。

「你會用電腦？」眼睛尚未完全睜開的夏初三看著坐在他電腦椅上的倉頡。

「不會，我只是很好奇一件事。」

「什麼？」

「你看這裡。」倉頡用手指著電腦螢幕右下角說道：「為什麼我的名字會出現在這裡？」

夏初三順著倉頡的手指看去，「喔」了一聲說道：「那是輸入法，想打什麼字，只要在鍵盤上按幾下，螢幕就會出現你要的字，喏！像這樣。」

夏初三在鍵盤上飛快打著「哈哈哈哈」這四個字。

「你會打字？」倉頡像發現外星人一樣看著夏初三。

「廢話，當然會啊！現代人誰不會打字？」

「那不是很矛盾嗎？你會打字但是不會寫字？」

「唉呀，這很正常啊，電腦會就好啦。」

「現代人真是奇怪，像你剛剛打了那麼多個『哈』字，我也沒見你真的在笑，要知道文字是人類文明的象徵，寫字的時候要體會內心的感受，從內而外發自內心……」

「停停停！」夏初三伸手打斷倉頡的話，然後說道：「一大早我不想聽你說教，我去刷牙了。」

夏初三走出房間，倉頡則是好奇地在鍵盤上按了幾下。倉頡玩了一會兒感到無趣，闔上筆電，改把玩書桌旁的模型。

夏初三的房間裡放了許多台北最高樓的模型，就連牆壁上也貼著高樓的海報。倉頡將拇指抵在模型的塔尖，旋即發出一聲「喔」，自言自語說道：「還挺刺的。」

刷完牙的夏初三想要回房，發現媽媽坐在客廳的沙發上，臉上盡是喜悅神色，夏初三一臉疑惑走向客廳。

「媽，妳今怎麼沒去上班？」

夏初三的媽媽回過頭，將雙手攏在背後，用非常高興的神色說道：「初三啊！你知道媽咪的願望是什麼吧？」

「知道啊，環遊世界嘛！」

「叮咚！」初三媽從背後伸回手，手中多了一張彩券，以近尖叫的方式說道：「願望達成！

貳獎！有好幾百萬啊！啊啊啊——」

「喔。」

夏初三一開始還沒搞清楚狀況，等到一回神，知道樂透貳獎得主竟是自己的母親後，跟著初三媽一起在沙發上尖叫並且跳來跳去。

「我也要去環遊世界、我也要去環遊世界！」

初三媽停止跳躍，一臉正經對夏初三說：「不行，環遊世界要好幾個月，你學校的課業怎麼辦？」

「咦！妳的意思是要自己去？」

「當然囉！呵呵呵呵！」

「哪有這種媽媽啊？」夏初三一臉懊惱說道：「妳又不是不知道我在學校的成績是最後一名，有差這幾個月嗎？我今天都請假了，就讓我多請幾天嘛！」

「課、業、重、要，你肚子餓了吧？我煮麵給你吃。」初三媽進到廚房內，將一鍋水放在瓦斯爐上煮沸，然後自顧自地唱起歌來，她趁著空檔回到客廳，心情愉悅地打開電腦搜尋旅遊資訊。

無法環遊世界的夏初三百無聊賴地打開電視亂轉頻道，他突然想到一件事，於是問道：「媽，妳平常沒有買樂透彩券的習慣，怎麼這一次會突然去買？還這麼厲害一次就中貳獎。」

「我沒有買啊！我是在門口撿到的，剛剛拿來對一下，沒想到居然中了貳獎。」

「撿到的？」夏初三皺起一邊眉頭，和一旁的倉頡互看了一眼。

「好了，環球機票刷好了！」初三媽剛透過網路刷卡，買了一張環球機票，就在她剛站起身時，夏初三隱約覺得哪裡不對勁。

「媽，妳說妳在門口撿到……」

夏初三尚未說完，眼角餘光瞥見一個上半身是人、下半身是馬的怪人穿牆現身。初三媽突然放聲尖叫，這次的叫聲和剛剛中樂透的喜悅之情完全不同，尖銳的聲音幾乎要讓夏初三的耳膜破裂，他連忙用手摀著自己的耳朵。

半人半獸提起腳蹄往初三媽的面前走去，下一秒，半人半獸隱沒在初三媽的體內，初三媽臉現痛苦之色，臥倒在地上不斷打滾，淒厲的尖叫聲沒斷過。

「媽、媽、媽……」夏初三的聲音完全被尖叫聲蓋過，他轉身求助倉頡，倉頡則是掐指一算，說了一聲「壞了」之後，迅速要求夏初三盡快進行天人合一。

「是辟邪，那張彩券一定是『邪神』辟邪的陰謀，在令堂完成購票動作後，祂就達成了令堂的心願，撿到彩券不是撿到神，而是踩到神啊！令堂快要被辟邪控制了。」

「什麼？」夏初三還不能接受自己的母親被邪神當成宿主的事實。

「沒時間了。」倉頡逕自舉起夏初三的手，將他的手點在自己額頭上，兩人再度合體。

「怎麼可能、怎麼可能，媽媽怎麼會被邪神附身？」夏初三抖動著身體，眼睜睜看著母親的頭頂長出了盤根錯節的灰色鹿角，下半身變成了一匹馬，背上伸出一對羽豐的翅膀，一臉兇樣朝自己緩步來。

「初三，她已經不是你的母親了，她失去了自己的意識，現在只不過是辟邪的魁儡。」和夏初三天人合一的倉頡想要移動身體，但奈何主控權在夏初三身上，祂想要移動半步都辦不到。

「吼——」

初三媽揮動前蹄，在夏初三的胸口狠狠印下，夏初三吃痛一聲向後跌倒，嘴角流出了鮮血。

「初三，如果你不還手，就會被活活打死，她已經不是你的母親了。」倉頡心急說道。

「有沒有辦法救我媽媽？」

倉頡先是一陣沉默，然後緩緩說道：「沒有辦法，要把附神趕走的方法，只有宿主死亡。」

「我不信！」

夏初三怒吼了一聲，初三媽毫不留情繼續踏著前蹄，往夏初三的身上踩下。

就在初三媽的蹄即將踩破夏初三的頭顱時，一道不知從哪來的火焰將蹄給逼退，廚房內用來煮開水的鍋子「匡啷」一聲掉落在地板上，初三媽惡狠狠瞪視著從廚房走出來的周不二。

「原來是辟邪啊！」周不二吹熄手掌心的火苗，仰起頭以驕傲的神色睥睨著初三媽。

周不二稍早還在麵包店內工作，一時察覺有邪惡之氣產生，所以沿著瓦斯線路，追循邪氣出現在夏初三家中的廚房，只要有火的地方，他都能夠來去自如。

「今天就讓我火神來解決你！」

周不二咬牙催動焰氣，紫紅色的火光包覆著他的全身，他一拳打出，帶有火源的拳頭破壞力十足，若不是初三媽閃得快，她已經被這拳給打得全身燃燒起來。

初三媽被火攻得左支右絀，頭上鹿角還因為周身溫度過高而發出淡淡焦味，就在周不二準備給她致命一擊時，一旁的夏初三突然從後面攔腰抱住他。

「你幹什麼？找死嗎？」周不二想掙脫夏初三，但夏初三趁機在手臂上寫下「纏」字，這字原本對他來說難度很高，但經過倉頡前幾晚的特訓，他已經能夠順利寫出。

夏初三的雙臂像是樹根一樣緊緊纏住周不二的腰間，任憑周不二怎麼轉動，夏初三宛若被上了瞬間膠似的無法甩脫。

「她已經不是你媽了！」周不二用手肘猛力搥打夏初三的肩頸。

「我……我不會放手的！」

知道自己不是火神對手的初三媽展開翅膀想趁機逃跑，卻被周不二丟出的火球給攔住去路，整間屋子火勢漸大。

「早知道就不來救你，讓你這個不分敵我的小子被辟邪給殺死！」周不二不再掙扎，乾脆催動身上的火力，讓夏初三自己鬆開手。

夏初三的雙手就像抱住一塊燒到紅通通的鐵塊，皮膚發出了焦熱的吱吱聲，但他還是咬著牙不放手。

「你再不放手，你的雙手就會被我燒融。」

周不二持續提高溫度，夏初三終於忍痛放開了手，他的雙手慘不忍睹，周不二趁勢給了初三媽最後一擊。

火拳將初三媽和辟邪送入了地獄，人形獸身的初三媽躺在地上一動不動，被擊敗的辟邪離開了宿主，初三媽也漸漸變回人形，但她卻沒有了任何氣息。

「媽！媽！」夏初三不顧自身痛楚，用焦黑的雙臂抱起母親，哭天喊地嘶吼著。

周不二從廚房打水滅了客廳的火勢，一張被燒到只剩一半的彩券飄到了夏初三腳邊，夏初三拾起彩券，輕輕在母親的遺體上寫了個「灰」字，初三媽的遺體化成一縷輕煙，飄散在空氣中，倉頡趁著夏初三低頭擦拭淚水之際，凌空抓了一把。

夏初三緊握著半張彩券，低聲說著：「蚩尤，我絕對不會放過你。」

站在一旁的周不二感覺到夏初三的身上隱約起了一些變化，他原本穿著普通的T恤，現在那件衣服上透出了無數個文字，每個字都像藏於深水的潛龍般，隨時會破出衣服朝上飛去。

那是倉頡的戰衣，符文戰袍，在電腦尚未被發明前，人們習慣用手寫字，這也讓倉頡成為最有力量的天神之一，這件戰袍，已經有近百年沒見。

※※※

三位擁有天神的宿主聚在打烊的麵包店裡，為了討論如何找到蚩尤。

「或許我們不用找祂，祂自己就會找上門來。」商依依分析說道。

「我不認同，蚩尤要找的是毀神錐，所以祂若沒必要，不會主動來找我們，所以我們要找到蚩尤的方法，就是先一步找到毀神錐。」

周不二和商依依兩人你來我往針鋒相對，剛喪母的夏初三不發一語坐在一旁，倉頡則是摸著鬍鬚走來走去，祂同意商、周兩人的看法，因為這兩個問題，其實可以看做同一個問題，而讓他苦思的卻是另一件事，於是祂透過夏初三，說出自己心中的疑慮。

「附神的規定，得從天界到人界起算七十二小時內找到宿主對吧？」

「對啊，怎麼了？」周不二問道。

「咦？」推敲出問題所在的商依依問道：「初三，倉頡附在你身上多久了？」

「剛好三天。」

「倉頡是追著蚩尤下來的，所以表示，比較早到人界的蚩尤應該在時限內找到了宿主，只是一直都沒有現身，這不是很奇怪嗎？祂到底在等什麼？」商依依說道。

「我……我曾在某些時候看到別人的附神，包括刑天、辟邪，甚至是現在在你們身邊的火神和水神……」

夏初三尚未說完，火神和水神大驚，兩位天神瞪視著夏初三，而夏初三的眼睛始終跟著祂們游移，證明夏初三所言不虛。

火神和水神旋即想到了一個傳說，只有人界領袖才有天眼，難道說……

「不可能！」聽完祝融解釋的周不二大叫了一聲，他怎麼都無法相信夏初三竟是人界領袖。

商依依聽完共工的描述後說道：「水神說人界自從堯、舜、禹之後，就沒有再出現擁有天眼的人類，毀神錐最後一次現世，是大禹用來治水，可是毀神錐在三峽大壩完工後就失去了蹤影，只有擁有天眼的人會知道毀神錐的下落。」

「那你快說毀神錐在哪啊？」周不二始終無法相信夏初三擁有天眼的事實。

「我不知道。」夏初三搖搖頭。

「所以你有天眼是騙人的嘛，哈哈！」周不二笑著拍了自己的大腿一下。

「初三能看到附神是事實。」選擇相信夏初三的商依依說道：「會不會失蹤的毀神錐其實曾經出現在你身邊過，只是你不知道而已？」

「不無可能！」倉頡的話雖然只有夏初三才能聽到，但祂還是對著三人說道：「傳說毀神錐是有靈性的，會跟隨著被神選中的守護者，初三，你仔細想想，生命中可曾出現過毀神錐？」

「毀神錐……長什麼樣子？」夏初三問道。

「很難說。」商依依轉述共工的話說道：「毀神錐可以化作任何形狀，那怕只是一支不起眼的筆，或是一株高聳的神木，都有可能是毀神錐。」

「那也太難找了吧！」夏初三雙手一攤。

「我建議先從初三小時候的照片開始找起，毀神錐的不凡一定能夠讓我們發現什麼線索。」

商依依說完後，三人轉移陣地，來到夏初三差點被祝融毀掉的屋子裡，從櫃子裡翻出舊照片，席地而坐，希望能從照片中找到毀神錐的下落。

三人找了一晚上，都沒有發現可疑之處，周不二乾脆「大」字型躺在成堆的相本上。

「這根本就是大海撈針嘛！毀神錐沒有固定形狀，就算看到了也不容易發現啊！」

「你給我起來認真找，不然我就淹死你！」商依依手指輕輕摩擦，一個水桶出現在周不二上方，周不二先是遲疑了一會兒，下一秒，水桶翻了過來，大量的水盡數倒在周不二身上。

「哇——咕嚕咕嚕——」喝了好幾口水的周不二跳了起來，催動火源將衣服上的水份烘乾，就在他準備還手時，商依依「咦」了一聲，從地上撿起一張原本被周不二壓在身子下，現在已經溼透的照片。

「這張照片……」商依依將照片遞到夏初三面前說道「你手上拿的是什麼？」

那是一張夏初三六歲時拍攝的照片，還小的他身上披著黑色斗篷，臉上塗抹著七彩顏料，手上拿著一根閃著黑色光芒的激光劍。

周不二眼見沒人理他，只好收回火勢湊過去看照片。

「喔，這是幼稚園畢業典禮那天，園方辦的變裝活動，主題是神魔大戰，我扮的正好是毀神蚩尤，手中那根激光劍是我爸爸在商場買的玩具，雖然那是電影星際大戰中絕地武士用的武器，但拿來當變裝活動的道具還挺適合的。」夏初三說道。

「等等！」周不二搶過照片說道：「我小時候是星戰迷，絕地武士用的激光劍出過的版本只有紅色、藍色、綠色、黃色，就是沒看過黑色的，唯一的解釋就是……」

「毀神錐？」夏初三和商依依同時大叫。

周不二緩緩搖頭，低聲說道：「不對，唯一的解釋就是……這玩具是仿冒的。」

商依依和夏初三不想理周不二，開始仔細研究照片中的玩具究竟是不是毀神錐。

「這把激光劍後來去哪了？」

「嗯……」夏初三偏過頭想了想之後說道：「我記得……後來被我玩到斷掉了。」

「斷、掉、了！」周不二和商依依瞪大眼睛看著夏初三。

「那……那斷掉後來呢？丟了嗎？」商依依連忙追問。

「如果我沒記錯的話，那支斷掉的激光劍，後來被我爸爸帶去了……那裡。」夏初三的手往房間一指。

「在房間？快去拿啊！」

「不是在房間，而是……那裡。」夏初三說完後往房門的方向走去，最後手指停的地方，正是掛著台北最高樓海報的塔柱位置。

「避、雷、針！」商依依和周不二同時大叫，就連倉頡也差點因為過於錯愕而跌倒。

「毀神錐怎麼會在那裡？」商依依難以置信，夏初三搔了搔頭開始解釋整個來龍去脈。

夏初三的父親是一名建築設計師，也是承包台北最高樓的設計師之一，塔柱的部分就是他設計的。最高樓因為將近五百公尺高，是當時世界上距離天空最高的建築物之一，附近又都是不及它三分之一高度的建築物，被雷擊中的機率非常高，因此塔柱的部分設計了多根避雷針，好分散風險。

夏初三幼稚園畢業那年，正好最高樓即將完工，那根激光劍其實也不是初三爸在商場買的玩具，而是最高樓在動工時從地底挖出來的東西，初三爸覺得這根透著黑光的物體很有趣，就交給初三當玩具，沒想到小初三居然會將與他命運相連的神器給折斷。

覺得可惜的初三爸將激光劍用膠黏好，在劍身上寫下了兒子的名字，在安裝避雷針的那天，悄悄帶上了最高樓，安置於眾多避雷針中的其一，希望兒子的名字能夠懸在世界上最高的位置，象徵著他未來能夠出人頭地。

初三爸在不久後就因病過世，這秘密，也是他在臨終前告訴初三的。初三因為感念爸爸的心血，於是在房間擺滿最高樓的模型與海報，期許自己有一天能夠像爸爸一樣優秀。

※※※

隔天，三人一早就到最高樓的購票處排隊買票，他們打算到最高樓的觀景台找出毀神錐。

今天是假日，遊客很多，三人才剛搭乘電梯到戶外觀景台，天空就飄起了小雨，眾多遊客紛紛進到室內躲雨，只剩下三人還在室外。

「怎麼找啊？避雷針的位置應該還要再上去才看得到。」

三人抬起頭，雨勢突然大了起來，豆大的雨滴打得三人眼睛差點睜不開。天空原本晴朗無雲，此時烏雲密佈宛若黑夜，天空中更有多道閃電打了下來。

「送我上去。」

夏初三說完後，另外兩人同時吼道：「開什麼玩笑啊？摔下去會死人的！」

「只有讓我上去確認毀神錐是否在上面，沒別的辦法了，難道你們想看到蚩尤拿到毀神錐嗎？」

夏初三的話說服了兩人，商依依先將天空中的雨水導向室內觀景台的窗戶，讓站在裡面的保全人員看不清楚外面的三人；周不二則是在夏初三的腳下點燃兩團火，利用熱空氣上升的原理，讓夏初三像是踩著風火輪，緩緩往塔柱的方向升去。

夏初三和倉頡來到了最高處，腳底的火勢熄滅，夏初三早一步跳到了只容一個人站立的地方，他腳下正是數十根避雷針聚集的地方。

「到底是哪一根啊？」

倉頡彎低了身子，指著最中間的一根避雷針說道：「初三你看，這一根避雷針似乎和其他的有所不同。」

夏初三順著倉頡手指的方向看去，發現一根通體發黑，末端並沒有接地線的避雷針。

「這根避雷針沒有接地，但從它的外觀看來，它或許被雷劈中了上萬次，卻一點事都沒有……」

「毀神錐！」

一人一神同時叫道，他們會有這樣的推論，是因為神器根本不怕雷擊。

夏初三抹開眼睛上方的雨水，一把抓住那支避雷針，想將它給抽出來。

夏初三站的位置比避雷針還高，天空中閃了一下，底下的倉頡想叫夏初三注意，但已經太遲了。

「茲——」

一道閃電不偏不倚劈中了夏初三的背部，夏初三大叫了一聲，順勢抽出了避雷針，卻也因為腳步不穩，連人帶針摔了下去。

「初三——」倉頡伸手想拉住下墜的夏初三，卻慢了一步，位於觀景台的兩人也因為事發突然，眼睜睜看著夏初三墜落。

不斷隨著雨滴墜落的夏初三不慌不忙，就在跌到五十層高度時，他將右手攏到背後，飛快在背上寫了個「飛」字。

「碰——」

夏初三的背後撐出了一對翅膀，阻緩了下墜之勢，夏初三拚命揮動翅膀，花費好一番功夫才重新回到觀景台。

嚇出一身冷汗的商依依情緒激動抱住了夏初三，收回翅膀的夏初三突然感到一陣不好意思。

站在塔柱的倉頡跳下與眾人會合，祂不斷讚許夏初三的急智。

「你已經出師了，我可以退休了，從今天開始你就是新一代的『字神』，一個有閱讀障礙的字神，哈哈哈！」倉頡攬鬚說道。

「真的嗎？我是神了、我是神了，我從小最大的願望就是成為天神耶！哇嗚！」夏初三興奮地舉起避雷針。

「別得意得太早，先看看這是不是毀神錐。」周不二一把搶過避雷針。

周不二破開避雷針，裡面出現一根外表有著宛若黑水流動的長劍，劍身中間用膠帶纏著，底部則是刻了夏初三的名字。

「這一定是毀神錐，我們找到了。」商依依說道。

「找到了然後呢？」周不二說道：「再把它藏起來好讓蚩尤找不到嗎？」

「不，最好的方法是毀了它，讓蚩尤永遠得不到它。」商依依轉頭問夏初三：「你當年究竟是怎麼把它折斷的？」

「很簡單啊，就……」夏初三伸手想拿回毀神錐，周不二卻將毀神錐藏到了背後。

「慢著，之前的問題還沒有解開。」周不二說道：「天神到人界有時效限制，若不在72小時內找到宿主，就無法待在人界，蚩尤一直尚未現身，你們不覺得很奇怪嗎？說不定祂早就找到宿主了，而且……在我們之中。」

「嗯？」夏初三和商依依同時大驚，周不二的推論雖然有點危言聳聽，但卻不無道理，畢竟附神無法看到對方的附神，根本無法確認對方的附神是誰。

「你們放心，我可以看到附神，我可以保證你們兩位的附神是祝融和共工。」夏初三說道。

「你保證？你見過祝融嗎？你見過共工嗎？你怎麼肯定站在我們背後的就是祝融和共工？」

夏初三被周不二的問題問得啞口無言，他的確是憑第一印象去斷定商周二人的附神，認為火神就該是紅色、水神則是藍色。

「再說，只有你看得到別人的附神，我們怎麼知道你的附神一定是倉頡？據我所知，蚩尤的能力就是複製別的天神的能力，雖然無法學到百分百，但要使出類似的能力對祂來說不是難事。」周不二又拋出了一個令夏初三難以回答的問題，而且意有所指倉頡才是蚩尤。

夏初三轉頭看了倉頡一眼，倉頡低聲說道：「初三，蚩尤極攻心計，或許周不二的附神就是蚩尤，一直默不作聲的商依依也難以排除這個可能，隔山觀虎鬥一直是蚩尤的拿手好戲。」

夏初三臉現迷惘之色，一時之間他猶豫著到底該相信誰？

「初三。」商依依開口說道：「蚩尤可能就在我們三人之中，但不要怕，如果蚩尤是用『撿到神』的方法附體，主控權都在宿主身上，只要我們三個現在忠於自己，別被附神給左右，蚩尤也奈何不了我們。」

商依依的話說完後，三位附神不約而同擺出備戰姿勢，不只三人互相猜疑，就連宿主和附神也互相不信任。

「初三，先把毀神錐奪回，我越來越深信周不二的附神就是蚩尤。」倉頡說道。

夏初三尚未說話，商依依突然指著周不二大叫：「喂！姓周的，你一直跟我作對，我覺得你的附神才是蚩尤吧！」

「哎呀！我才懷疑妳咧！水神會連刑天都打不過？我看妳是在演戲吧！」周不二回嘴叫道。

「刑天有破神甲，要不是我有水神的力量，能打敗無孔不入的刑天嗎？」

「妳不是也有殘神靴！看起來一點用都沒有嘛！」

「你的暗神盾才爛咧！」

兩人你一言我一語爭吵了起來，但夏初三卻被殘神靴和暗神盾這兩樣神器勾起一個疑問。

「倉頡，火神祝融的弱點是什麼？」

夏初三的問題讓商周二人停止爭吵，周不二更是起了戒心，他和商依依都領教過倉頡無所不知的能力，這點在商依依對決刑天時就得到了驗證，現在夏初三問了這個問題，擺明就是懷疑周不二的附神是蚩尤。

「火神的弱點嘛！」倉頡乾笑一聲說道：「這個嘛……呵呵……我不太清楚。」

「你的字典呢？你的字典裡不是記載了所有的東西嗎？」夏初三用凌厲的眼神瞪視著倉頡，雖然商周二人看不見倉頡，但從夏初三的對話聽來，似乎夏初三正在質疑倉頡。

「呵呵！不是什麼東西都記載的嘛！」

「那你怎麼知道刑天的弱點？」夏初三進一步逼問道：「刑天的破神甲和辟邪的邪神翼呢？依依和刑天戰鬥完你是最後走的，我的母親化成灰時，你在空中抓了一把，是不是趁機把邪神翼給拿走了？」

倉頡的笑容逐漸不見，他一句不答看著夏初三。

「當我說出刑天的弱點時，祂古怪地看了我一眼，當時我不明白祂為何這樣看著我，現在我懂了，你根本沒有什麼記載萬物的字典，你會知道刑天的弱點，全都是因為……」夏初三用手指著倉頡說道：「你就是蚩尤！」

倉頡聽完夏初三的指控之後不怒反笑，他越笑越大聲，越笑越詭異，這舉動等於間接承認他就是蚩尤。

「厲害！厲害！不愧是擁有天眼的人皇，都瞞不過你啊！」

倉頡笑著拍手，下一秒，他單手將布衣撕了下來，露出穿在裡面的黑色盔甲，祂的臉上黥滿圖騰，搭配祂威武的戰甲，讓人一望生畏。

「我的確是蚩尤，真正的倉頡早在祂化成一張紙落入人界時就被我給殺了。」

真正的倉頡的確化作一張紙飄落人界，但就在祂即將落地時，被埋伏在一旁的蚩尤化作帶火的利箭將紙刺穿，夏初三漏看的那個文字，就是因為利箭刺穿了紙張。

擁有複製能力的蚩尤變成了倉頡，然後被擁有天眼、又看得懂象形文字的夏初三撿到。這一切都不是巧合，因為蚩尤知道，知識淵博的倉頡下到人界，一定會想盡辦法找到擁有天眼的人皇，進而找到失蹤已久的毀神錐。

真的倉頡下凡時根本沒有攜帶暗神盾和殘神靴，這兩樣神器始終在蚩尤手上，黃帝也沒有交代倉頡要找到火神和水神，蚩尤會這麼做，純粹是想利用這兩樣神器，引出水火二神，將祂們一網打盡。

至於邪神翼和破神甲的確是被蚩尤給撿去，刑天臨終前那個眼神，充滿了悔恨和憤怒，祂沒想到蚩尤會為了找出毀神錐的下落，不惜一切犧牲部下。在蚩尤眼中，刑天和辟邪只不過是完成計畫的一顆棋子，辟邪之所以會附在初三媽身上，也是蚩尤精心設計的陷阱，為的就是讓擁有天眼的夏初三主動將毀神錐找出來。

「謝謝你幫我找到了毀神錐，就算你成為了新一代的字神又如何？你以為你打得過我嗎？」蚩尤說完後以極快的速度前衝，祂的目標不是夏初三，而是周不二手上的毀神錐。

「不二，小心！」

夏初三的提醒還是慢了半步，周不二無法看到蚩尤，只感覺到有股強風朝自己吹來，他下意識舉手擋格，手中的毀神錐卻突然不見蹤影。

碰觸到毀神錐的蚩尤大笑了一聲，祂將毀神錐高高舉起，天空中一道落雷打在錐尖，紫色的電赫竄滿祂的身體，原本只有夏初三才能看得到祂，這時商周二人都清楚看見蚩尤本尊，只要有毀神錐在手，蚩尤就能夠突破黃帝設下的結界，在人界現身。

「沒有人可以擊敗我，我是這世界唯一的神。」蚩尤輕揮毀神錐，一道無形的力量掃向商周二人，即使兩人有附神的力量，但還是難以抵擋。

商依依從觀景台邊翻了出去，周不二急忙中抓住了她的手，右腳則是緊勾住觀景台邊緣的低坎，才不至於雙雙摔落。商依依懸空吊著，距離地面五百公尺，若是周不二不小心鬆手，她必死無疑。

「弱，什麼水神火神，我從來沒放在眼裡，該你了，字神！」

蚩尤轉頭看向夏初三，此時夏初三的身上浮現著無數個文字，不只在衣服上，就連手臂、臉上都有各式各樣的文字，篆體、行書、甲骨文，每個字都像用沾墨的毛筆書寫在他身上。

蚩尤平舉毀神錐向前突刺，夏初三不閃躲，原本寫在背後的「鋼」字像是有生命般，順著皮膚滑到了胸前，毀神錐正好刺在鋼字上，發出了金屬聲響，夏初三一點傷都沒有。

「嗯？」蚩尤略一遲疑，收回毀神錐，改用錐尖釋放電擊。

夏初三反應極快，集合身上的「塑膠」兩字讓自己成為絕緣體，藍紫色的電赫被夏初三引往天空，擦撞到最高樓的塔柱，水泥部分的塔柱從中斷裂掉了下去，重力加速度讓水泥塊極具殺傷力，一落地就造成地面凹了一個大洞，周遭的車輛受到波及撞成一團，地面的人群抬頭看著不斷落下的碎石，全都驚呼著。

蚩尤使出快攻，速度之快就像是同時有無數個祂，這讓始終採取守勢的夏初三開始感到難以招架。

周不二成功將商依依從邊緣拉了上來，兩人都看出夏初三居於劣勢，但蚩尤旋風般的攻勢讓他們想插手都難，只能在一旁乾著急。

「我們必須幫初三，他一個人不是蚩尤的對手。」商依依說道。

「怎麼幫？我們實力相差太多，貿然出手只會拖累初三。」

「我們不能這樣眼睜睜看著他被蚩尤殺死吧！」

周不二默然不語，他和商依依有著一樣心情，卻苦無對策。周不二突然靈機一閃，低聲對商依依說道：「妳知道該怎麼增加神力吧？」

「增加神力？」商依依被他一言提醒，瞪大眼睛說道：「越多人拜的神，神力就越強。」

「對，所以只要世人在這一刻拜字神，新一代的字神初三他的神力就會大幅提升。」

「好主意！」商依依先是大叫一聲，但是下一秒卻問道：「可是世人怎麼可能會無緣無故拜字神？」

周不二低聲在商依依耳邊說出自己的計畫，商依依聽完後雖覺得這個計畫太過於冒險，成敗全繫在世人身上，但她卻不得不承認這是唯一的辦法。

「水火二神，攜手合作吧！」周不二伸出了右手。

「攜手合作！」商依依伸手與周不二相握，兩人分頭執行計畫。

周不二朝最高樓的機房奔去，他闖入了機房內，用帶火的雙手猛抓粗如兒臂的電纜線，他抓著纜線大叫著，將體內的熱能燃燒到極致，纜線從中斷裂，整棟高樓的電力被硬生生切斷，位於高樓內的商場和辦公室燈光依序全滅，電器用品全都無法開啟。

下到地面的的商依依則是沿路尋找變電箱，每看到一個佇立在馬路邊的變電箱，她就用強力水柱沖垮。失去箱子保護的線材全都外露在外，一碰到水就發出劈哩啪啦的短路聲響。

沒幾分鐘時間，以最高樓為中心的方圓百公尺內完全失去電力，停電效應開始往旁擴散，半座城市就像回到了遠古時代，對生活上造成極大的不便。

在最高樓決鬥的夏初三和蚩尤絲毫不受影響，專注於擊倒對方的他們根本沒注意到周遭的電力逐漸中斷。

電腦補習班的老師放棄投影教學，拉開布幕，拿起麥克筆在白板上講解程式設計。正在用電腦打小說的作家為了避免靈感中斷，一手拿著手電筒，一手拿起筆在紙上寫稿。賣場雖然啟動了緊急電源，但只夠供應照明，收銀員拿起紙筆，紀錄客人採購了哪些東西。一時之間，用手寫下文字的人數激增，他們都沒有注意到，所寫下的文字彷彿有了生命，所有文字的靈魂爬出紙張，無形的力量一點一滴飛向正在惡鬥的夏初三。

蚩尤用腳踩住夏初三的側臉，低等天神果然還是打不過有戰神封號的蚩尤。

「再擋啊！你身上的文字呢？呦！掉漆啦？」蚩尤轉動腳踝，原本宛若刺青紋在夏初三臉上的文字像是剝落的牆面，以粉末狀掉了下來，夏初三不斷哀嚎，他身上的符文戰袍也破損嚴重。

「噓……」蚩尤將食指抵在嘴前，緩緩將毀神錐刺入夏初三的脖子。「不要動！不要動！我不會讓你就這樣死去的，我還想再多玩一會兒。」

「咳——」

夏初三的頸動脈被刺穿，嘴裡咳出了鮮血，他緩緩閉上眼睛，知道自己始終不是蚩尤的對手。

就在夏初三即將放棄時，從人界飛奔而至的文字力量「啪啪啪」盡數打在他的身上，補齊了原本掉落的文字，原本黑白相間的符文戰袍發出強烈亮光，耀眼的光芒讓蚩尤撇過了頭。

「這是……」蚩尤回過神，原本躺在地上的夏初三已經站了起來並起且來到祂的面前，他身上的符文戰袍變成了金色。

蚩尤大驚之下，揮動毀神錐往前方掃去。

得到新力量的夏初三橫臂擋格，他的手臂護甲應聲而破，但毀神錐也不是毫無損傷，竟出現了不規則的裂痕。

蚩尤大怒，兩人開始用同歸於盡的打法，完全不閃躲，只求綿密的攻擊能有一部分打在對方身上。

兩人打個勢均力敵，最高樓的塔柱受到波及全毀，樓內來不及逃生的民眾甚至能感覺到惡鬥帶來的天搖地動。

「哈哈哈！也不過如此啊！就算世人都拜你，你這個三流天神永遠不可能打贏我。」

蚩尤滿身鮮血，將毀神錐抵在地面才勉強不會跌倒；夏初三也沒好到哪裡，單膝跪下的他連站起來的力氣都沒有。

「我或許贏不了你，但是至少能打成平手。」夏初三邊喘息邊說道。

「那又怎麼樣？」

「平手……平手就夠了……」夏初三將右手食指頂在胸口，緩緩說道：「就夠帶你一起下地獄！」

「嗯？」蚩尤從夏初三的動作猜到他的企圖，瘋狂大吼著：「你幹什麼？」

夏初三微微一笑，飛快在胸前寫下即將完成的「爆」字。

天空響起了無數巨雷，機房內的周不二、站在街頭的商依依，不約而同抬起頭看著最高樓的方向。

「初三。」

「初三。」

兩人在此刻和夏初三的心靈產生了連結，他們猜到了夏初三想要犧牲自己的舉動，眼淚不由自主從臉頰滑落。

最後一筆畫完成，夏初三閉上了雙眼，蚩尤則是放下毀神錐衝向夏初三，企圖阻止夏初三寫下此生最後一個字。

周遭的時間彷彿被按下了慢動作播放的鍵，蚩尤憤怒的表情、夏初三閉上眼的微笑，全都在漫長的下一秒獲得釋放。

夏初三的體內就像安裝了無數炸藥，宛若核爆的力量瞬間將他和蚩尤炸個粉身碎骨。

夏初三之所以願意犧牲，就是因為附神定律中，當宿主死亡時，附神也會跟著消失，蚩尤雖然假冒成倉頡，卻始終是夏初三的附神，蚩尤才會如此驚恐想要阻止夏初三。

強烈的爆炸帶來了巨大的光芒，雖然短暫，卻也因此照亮了人界。

※※※

數個月後。

商依依和周不二穿著厚重的外衣，擠在捷運車廂內。

兩人在市府站下車，人潮多到寸步難行。

「快一點好不好，已經在倒數了耶！」

站外隱約聽到倒數聲響，商依依拉著周不二，像是水流般輕易鑽過熙攘的人群。

最高樓的燈光逐漸熄滅，底下數十萬人群跟著舞台上的主持人倒數，這是全城大停電之後第一個跨年，最高樓花了數月時間才修復完成，市民的手上都拿著一張手寫的祈福小卡，象徵在新的一年有著新的開始。

「十、九、八、七……」

「來這邊幹嘛啊？跨年在家看電視就好啦！」周不二不耐煩說道。

「來看神啊。」商依依微笑說道。

「神？」

「有文字力量的地方，就有祂。」

周不二搔了搔頭，不明白商依依的話是什麼意思。

「三、二、一……新年快樂！」

群眾興奮大叫著，最高樓的周邊噴出了耀眼的煙火，樓身上用燈光打出了碩大的「新年快樂」四個字。

塔頂，煙霧中，站著一個身穿金色符文戰袍的少年。

THE END

第二屆・入圍
〈浮焰沉光〉

吟光

作者簡介／吟光

90後，江南人士，現旅居香港。

白天是中國文化研究生和聚光燈下的主持人，夜晚化身講故事的織夢者。

最愛奇幻文學的天馬行空，相信人之所以為者，既因思想的重量，更兼想像的輕盈。執筆吟光，醉舞袖袍天地窄。

曾入圍臺灣金車奇幻小説獎、香港大學文學獎、BenQ華文世界電影小説獎、全國葉聖陶杯文學獎等，在中港臺雜誌發表作品。

V.

很久以後，當她終於領悟了時間的秘密，光陰已經不再連貫，而是成了玻璃瓶裡的碎片，一片片沉默不語。那時候她終於明白了一件事：自我懷疑就是自我追尋，而這就是永恆。

一・

天空蔚藍，大片橘色的霞光塗抹在其中，瑰麗得像是歌劇的收場，對著世界說再見。

丟下燒到一半的羽衣草，地下已經亂七八糟全是枯葉子。十幾年沒動過，果然做不好了，金盞感到有些挫敗。靈台清明，摒除雜念，想起老師父傳授占卜術時的叮囑，十幾年了，還是做不好，大概因為已經做不到清明了吧。算了。金盞走到沙盤前，心不在焉地塗了幾筆，然後踩過地上的枯草，也不再抬頭看滿天雲圖，徑直離開占卜房。占卜是自創世始人類就發現的與上天溝通的最好方式，金盞所在的安陽門最擅舉辦祭典，公認是掌握占卜術的傳人。然而，占卜能解答的問題是世界的必然性，不能解答的問題是世界的偶然性。曾經，作為最好的占卜師的她仍然被偶然性害得心有餘悸，因此躲著占卜房已經很久了，若非婚禮在即也不會重操舊業。即使如此，還是像逃命一樣糊弄完就離開。

她走得太匆忙，沒有注意到沙盤和燒枯的灰燼正在慢慢形成卦象。要是她足夠耐心，在第一滴雨點落下來之後就會發現，所有的卦象正在共同組成一句判詞：「風雨故人來。」

二•

「青鈴，你學劍術真有天賦！」書院茶樓裡，零零散散的學生和老師在吃晚飯，其中幾個紮堆聊得正歡。在這群身份特殊的少年中最普通的一個卻因此顯得特殊，他舉起筷子，有些誇張地讚歎：「剛剛在堂上看你舉劍蓄力的樣子，就好像傳說中的半夏尊師。」

叫做青鈴的男孩年紀很小，忙著扒飯，嘴裡含糊不清表示疑惑。對方對他的茫然頗為驚訝，旁邊年紀稍大的有些不耐煩，咳了一聲強調他們穿越而來的身份。少年敘述者興致大起，口沫橫飛地講述起來：「半夏尊師是數十年前最出名的劍聖，我們都從小就聽父母講她的故事長大。說起來，發現平行世界都要歸功於她！」

青鈴忙著搶肉，倒是一旁綠衣的少年彷彿頗有興致：「她教你什麼了，要稱她為「尊師」？」

「奔水半夏德高望重，所有後輩出於對她的尊重和緬懷都要予以尊稱。」

少年夾起菜想了一會，推推青鈴，開玩笑地慫恿他趕快去拜師。聞言，敘述者飛揚的神情低落下來：「半夏尊師早去世了。」

「十年前，為取上古的密語石板她以身殉火山。」方才一直沉默的橙衣女子忽然發聲，「屍骨無存。」書齋裡通過服飾色彩劃分門派，橙色意味著她隸屬於安陽門，而身著青衣的青鈴則是青陽門。雖然面無表情，但她的聲音發冷，加上話裡的內容雖然聽得眾人並不太懂，但都有些被嚇住，連青鈴也放慢了咀嚼。

一片寂靜中，背後傳來瓷碗落地的聲音，咣鐺一聲碎得相當清脆。回頭，只見金盞老師俯下身，正在收拾滿地淩落的飯菜。沒等橙衣女跳起來，她很快端起殘羹碎碗，面色如常地走了過去。

「金盞老師……」敘述者似乎還想說什麼，看到橙衣女瞪過去的眼神終於悻悻收聲。

「師傅最近操勞與卡頓教授的婚禮，你們不要讓她再煩心了。」她說得乾脆，為這段對話做結，但從另幾人的表情可見他們並未理解其中深意。金盞和卡頓都是書齋的教授，卡頓更作為來自高盧的吟遊詩人，數年前從異域流浪到中土探訪，並在此與金盞教授結緣。如今二人年歲漸大，終於決定置辦婚禮，是書齋學子們期待已久的熱鬧事。但除了金盞和敘述者以外，穿越而來的少年少女不明白，這與奔水半夏有什麼關係。

三・

一位中年男子在閣樓的包廂裡目睹了這一切，他眉頭緊蹙，似乎有些擔憂。思考良久，他背起手走出包廂。「見過星衍院長！」揮揮手回應學生，跟橙衣女子對個眼神，他半步不頓地出了茶樓。學海書齋坐落于山林間，而茶樓正好位於山腰，斜陽透過綠蔭斑斑點點地印下來，作為書齋院長的他自然是熟知路徑，一路無言開始攀爬山崖，直到天色全部黑了，這才穿過樹叢來到一處山洞前。

仿佛察覺他的到來，有一巨大的石球忽然從山洞裡滾出來，轟隆轟隆地帶動塵土四起，在到達他面前時卻突然停住。

「無聊！」洞裡傳來一個少女的聲音，「一點難度都沒有。我說，你們就沒什麼挑戰性的工作要做嗎？」

揚了揚嘴角，星衍輕輕一推讓石球滾回洞裡：「你已經找到超越光速的方法了嗎？」

「只要不是傻瓜就可以做到。Time is silence. Time is hallucination. 時間是一種靜止的幻覺。」裡面高低起伏的聲音像在朗誦一首詠歎調，石球滾到一半就又改變路徑，重新回到星衍身邊，「早說了，我還是出來吧。」

星衍沉默很久，欲言又止。當他終於邁步走進洞裡，傳來的聲音也變得低沉：「父親讓我告訴你，也許你出來之後會後悔。有些事情，跟從前不一樣了。」

「相信我，沒什麼不一樣。你們還是一群傻瓜。」語帶譏諷，那人笑得輕快，正如同她走出山洞的腳步。

四・

入夜，書院的燈紛紛熄滅。遠處，一隊人馬提著火燭蜿蜒上山。

「星象說後天才有星隕如雨的奇觀，何必，何必非要今晚上山？」敘述者爬得氣喘吁吁，沒了剛才的神氣。

「我們那邊的天氣預測說是在今天啊！還沒看過這邊的流星雨呢，可不想錯過！」前面的青鈴一溜煙跑沒影了。星隕如雨就是從天而降的流星隕石，這群從平行世界穿越而來的少年少女也算書齋的半個客人，對諸事都充滿好奇，作為東道主的敘述者不敢馬虎，只好陪著繼續往山上趕路。終於到達最佳觀星地點的山頂，眾人把火燭掛上樹枝，發現開闊區域內竟整齊地擺放著幾排木椅。年紀小的幾個興高采烈將其移過來，橙衣女皺起眉有些疑惑，堅持不坐。

將近半個時辰後，呆望著毫無動靜的夜空，青鈴早就耐不住性子，開始一下一下抽打樹枝：「阿塑，把剛才那個故事說下去唄！」

敘述者被叫到名字，睜開沉重的眼皮回過頭：「啊？好……啊！」他瞥一眼橙衣女像在徵詢，見對方沒有反應，便打起精神開始了敘述。

II.

史書載，作為青陽門二十年一轉世的「劍聖」奔水半夏，在傳說最開始就以赫赫有名的天才少女形象出現。六歲拜師出道，十五歲獨創融合幻術和劍法的五步術，天賦之高當世無人企及，更兼有機關發明無數。金盞遇上她的時候，她正當芳華。

純白披風配高筒長靴，長髮被天青色的簪子卷成一個高高的髮髻，她走過來，斜眼掃了掃金盞：「我不愛說話，沒事別來吵我。」言畢，扭頭便走。後來金盞分析這句話，認為包含了兩個信息：她不愛說話，她不愛聽人說話。只有金盞會用心地分析這種事情，畢竟她是個語言學家。

當然，也因為只有她會上心，而別人都把半夏當做解決難題的機器，碰了一鼻子灰就不再嘗試溝通，這是後來她發覺的。但金盞不行，她作為同時懂得「戈蘭文」和占卜術的學者被分給半夏做助手。

無論怎樣，初見那天的場景，半夏的純白披風和青色髮簪，以及身後浩藍天空，從那以後一直在她的記憶裡打轉徘徊。直到，後來終於錯亂了位置。

為了方便工作她們搬到一起住，這讓金盞很快就開始懷疑人生。在外半夏妝容精緻，但蹲在家裡工作時候常常衣著蓬亂不堪，思考問題時茫然地盯著窗外失神就是幾個時辰。忙起來更接連數日不進食，最後餓得連勺子都拿不起來，還得要金盞一口一口地喂些湯汁恢復體力，不然就縮在床上鬧脾氣。而讓金盞最困惑的在於，從來不肯接受研究費用的她是怎麼活到現在。

這個疑惑在半夏的胞兄星衍出現後也沒有得到解釋。

她親眼見到，星衍身後浩浩蕩蕩的隨從搬走了半夏數月的研究成果——一台龐大的動能轉換機，通過時間藍移，可將長久積蓄的能量轉換成暫態動力以供需要——而後遞過來厚厚一疊銀票。

半夏毫無遲疑地接過來，然後一把扔到門外：「我不是你的下屬。」

星衍笑嘻嘻地踱出門，不以為怪，反倒撿起銀票轉頭丟給金盞。此後，除了助手之外，金盞又充當起半夏的帳房。而隨著日子越久，她的職務還在逐漸增多，包括了保姆、秘書和發言人。不管做什麼，只要金盞不在身邊，半夏就做得吊兒郎當——當然，即使在身邊她也不見得有多認真。

除了在家搗弄機械，她們有時也會接到外出的請求，但要請動半夏並非易事。那年遇上大災難，沉睡在荊州數千年沒有動靜的虎蛟忽然出穴，引得地震天搖而浮鴻遍野，是舉國皆憂的哀事。然而作為承擔救世責任的劍聖，任憑眾人怎麼哀求，半夏都不肯前往，即使她父親來了也沒有用。而她的理由竟然是「虎蛟長得太醜了」……直到最後，她冷著臉對一直曉之以理勸說她的金盞提出要求：除非你給我唱首歌。

在眾人怪異的眼神中，金盞極其尷尬地草草唱完，終於跟著她日夜兼程趕到了荊州雲夢澤。虎蛟已經失去理智，猛虎樣的大頭發出呼嘯，蛇一般的長尾拍打著水面激起十丈高的浪花。對付這樣的上古神獸，本應採用古老的史詩吟頌來引導馴服，但唱腔早已失傳許久。丟失了過去，就會受到懲罰。此時，只能由勉強記得隻言片語的老人靠著半夏帶來的音聲轉換器引誘之。即使這樣，歌聲繚繞了整個湖澤整整三日，虎蛟也並不輕易上當。

眼見歌者嗓音已啞，時任聯盟主席的安陽門老門主指出，恐怕要將虎蛟攻擊至昏迷方能奏效。圍繞著浩大的雲夢澤，沒有最高號令，軍隊不敢發射丹藥。巨浪滔天，也沒人能近身治得了它。見此情形，半夏冷哼一聲，禦劍隻身飛去。

那是金盞第一次看到她的五步術。只見她舞劍成花，嬌小的身姿不斷穿梭於虎蛟巨大身形中，有時快如閃電，有時慢條斯理。時而起腳輕輕點踏湖面，似在花叢中翩躚舞蹈，伴著身後歌者的頌樂聲，美得宛如一幅畫。然而待仔細看清，才發覺那綻放在劍尖的紅色花瓣都是鮮血。

急切中金盞不顧一切地踏水上前，發動幻術企圖阻住虎蛟一陣以探看傷勢。沒想到那虎蛟頗通人性，似乎看出新來者法術略低，棄了半夏的糾纏，躲過攻擊就朝金盞狠狠撲來，一口咬住她的衣襟。來不及掙紮，她在匆忙中瞥見半夏的純白披風已經完全染紅，一跺腳，縱身躍入虎蛟的巨口內。

「快走！」金盞透過虎蛟的利牙對半夏嘶吼，然後聚集全身力量再度發動法術。還未蓄完力，虎蛟就張開牙齒讓她跌了出來。

她以為會落入水中，但半空中有人接住她，耳邊傳來低語：「傻瓜。」浩瀚的吟唱聲在湖面上響起，通過音聲轉換器後顯得格外宏偉莊嚴。身後是虎蛟倒下的巨大水花聲，她張口想說什麼，被一掌拍暈過去。

「雖然你的勇氣讓我佩服，但更令人讚歎的是你的不自量力。」等金盞醒在柔軟的床鋪上，第一眼望見的就是帶著揶揄笑意的半夏。

「你……」金盞一口氣差點沒順過來，猛咳了半天，想起什麼，「你的傷沒事吧？我看你一身血……」

「多謝。」對方難得柔和了語氣，倒讓金盞不太適應。

「那是虎蛟的血。多謝你完美印證了我的論斷，能力和眼力都令人堪憂。」聽她這樣說著，金盞終於噓口氣躺回床上。

五・

霧靄沉沉楚天闊，很難想像在滋滋冒著岩漿的火燒峰火山對面，坐落著月牙形狀的湖泊群。

即使面積不大，卻水澤碧藍如海。四周一片絕對的寂靜，有人踏浪而來，深綠衣襟卷在浪裡模糊不清，口中念念有詞著的正是一串古老的戈蘭文，此時被他用跌宕起伏的特別語調吟唱出來。隨著最後一句咒語落下，湖水加速攪動起來，在黑暗中席捲起滔天巨浪，吞沒了其中的人影，只剩下幾隻冉遺魚跳動在其間。

普遍的技術發展都往歷史的後面看，但物質世界有些神秘的力量卻隱藏在很久遠的以前，就好像精神世界一樣。就如桃之夭夭、采采卷耳、葛生蒙棘在眼前迅速流過，將生命中漫長的階段壓縮在瞬間，即可以讓光陰流轉急速加快，這是數十年前學者們解讀了戈蘭文以後，從古籍記載中考據出來的古法。當奔跑到光的速度，時間對你而言是停頓，此時可以進入空間隧道，甚至闖入另外的平行空間。即使人力無法達到那樣的速度，但是誰說借助外力不可以做到呢？

而如果你能超越光的速度，時間就是虛妄，那麼最終可以到達哪裡？

IV.

那人踩著銀質高靴，傲起頭，遠遠走在前面。多少次，自己就這樣跟在她身後，遇到任何艱難，看她撇一撇嘴角，祭起短劍，就知道那即將脫口而出的刻薄言語中總會有著解決的辦法，那瘦弱卻頗有力量的身影總能戰無不勝。

「孤獨將會是她唯一的朋友，沒有人能替代。」星衍曾經背過半夏跟她這樣說，神色擔憂，

「你要知道，孤獨全年無休。」

「愛也全年無休。」那時候金盞回答得很平靜。因為相信，所以從容。她是她的矛，她是她的盾。她領著她往時間的前頭走去，她就護著她不受到世界的傷害。

歲月流轉，轉眼間那人已經白髮及腰，垂在白色披風上如夢似幻。可是依舊伸出蒼老的手，指向自己，呼喚著一起去天堂流浪。金盞沒有猶豫地跟了上去，驚醒，歸零。攤開手掌，那裡是一片虛無。

六．

每個夜晚重複著夢魘，在這裡，時間就如同一張網，在周而復始、循環往復地重曆。她已經記不清哪些是確有其事，哪些是沉浮的亂夢。夜深露重，她還是起了身。身側的被子被掀開，有人睡意含糊地詢問她要去哪裡，又摸索著為她披上大衣，細緻地翻出領子。「去……想去婚禮會場看看。」隨意找個理由，於是被一雙溫柔的手牽緊，推開房門。

提著火燈籠，夜色裡的山間小路風大，對方的聲音飄在風中像是某種幻覺：

「後天是我們的婚禮，也到了你的生日，可有什麼生日心願嗎？」

火光在眼前搖曳，她不會忘記，曾經自己自以為造福眾人的心願，換來的是如同祭祀天地般慘烈的場面——那人在岩漿火海中熾烈燃燒，被熱浪和壓力逼得飛起又墜落、飛起又墜落……巨大的火焰升上天空，蒼穹被照得如同一幅染上紅色的銀布般閃閃發光，而在火焰正當中沉浮的她就像半夏花盛放的佛焰花序，直到軀體碎成一瓣一瓣，遠遠跌進火山裡沒了蹤跡。

自從十年前的那場宏大的祭奠之後，她多年的心願終於實現了。第一塊寫滿上古密語的石板出世，學者們在月牙湖邊發現了穿越空間的奧秘，平行世界的開啟預示著一個新世代的到來，也帶來一批在兩個時空之間穿越的空間旅行者，包括後來她的徒弟和學生們。然而，鋪天蓋地的悲痛、悔恨和自我質疑卻淹沒了她這個發現者之一。作為研發者成員的她從中抽身離開，落落大方地，不讓人看出痕跡，像是刻意躲避什麼。失去了至親好友，獨自面對世代力量變革引起的動亂，她開始懷疑投入半生的事業，甚至懷疑自己。再也不占卜，再也不參與祭祀，埋頭於古文字的發掘，也刻意淡忘了自己的生辰，她漸漸沒了什麼心願。

胡思亂想中，二人已經接近山頂。透過前方樹叢，那邊隱約傳來孩子的聲音：「半夏尊師和金盞老師合作的最大任務是解讀上古流傳的穿越空間和時間的方法，最後還是奔水半夏先解開古語，即要去冀州邊郊的火燒峰岩漿口尋找記載的石板，並且尋找者將為此而葬身火山……」

「不去，一點都不好玩。」那人躺在搖椅上神情慵懶。

金盞有些急：「你不去我去！你不是知道要在哪裡找嗎，告訴我吧。」

「有什麼好去的，我才懶得穿越時空呢。」她無動於衷，搖椅在陽光下吱呀吱呀打晃。金盞氣不打一處來，忍不住正色起來教育對方不能只考慮個人喜好。如果有平行時空在被發現之前先發現我們而佔據優勢，那麼世人就有極大的可能性陷入危險之中。

對方斜眼瞟過來：「誰同你說的這話？」

「半夏大人，我半輩子研究古文字和占卜術，這可是我每年的生辰心願，還要別人跟我說？」金盞拿她沒辦法，揉揉她的長髮。

「這樣啊……生辰心願，似乎是應該完成呢……」半夏暗自嘀咕著考慮什麼，直起身，似是下了某種決定，「以你的能力，難怪到現在還是心願，每年都實現不了。」

那是她作為語言學家被氣到說不出話來拂袖而去的好多次之一，雖然消氣後總是會回到那人身邊，卻沒曾想是最後一次。其實，自己是一個資質普通的人，早就接受了這個事實的，甚至連解讀擅長的戈蘭古文都遲了半夏一步。但她並沒有太多的不甘心，自從少年時期大病過一場歷經生死徘徊之後，原本叛逆的她改了性子，很珍惜地緊握時光，善待身邊每一個人。但半夏這種生物的存在，還是不斷衝擊著她的好修養。

有些走神，寒風吹起幾根白髮，她學著故人的樣子撇了撇嘴角，中年的金盞站在夜色中嘲笑著自己。站在每個時間節點的我們往回望，總覺得從前的自己太過天真，但有時仿佛時間是根本不存在的，沒有過去、未來，似乎只有重複出現的短暫的現在。

山頂觀星小分隊的敘述還在繼續，卡頓教授終於忍不下去，輕咳一聲，驚動了眾人。見到突然出現的故事主角，敘述者嚇得跌下木椅。沒等眾人紛紛爬起來，橙衣少女已經起身向老師行禮，緊隨其後站出來保持從容的是一位綠衣少年。

金盞望著局面一團亂麻，笑容溫和得如同山間升起的雲霧：「孩子們，沒想到你們將故事會開在老師的婚禮場地，很巧呢。」

「我，我……」敘述者「我」了半天也沒說出什麼來，當場被人捉包的打擊太大了一點，而且對方還是書齋教授。倒是青鈴想說什麼，被身邊人拉了回去。

並不在乎他們的失態，金盞踏過木椅，掛上火燈籠，開始一絲不苟地打理會場。卡頓教授拍拍青鈴的腦袋，藍眼珠深深陷在眼窩裡，透過鏡片笑起來：「沒事了，回去休息吧。要小心走夜路。」

學生們如蒙大赦，正準備動身，最先站起來的橙衣女孩瞪著黑暗的山間小徑忽然定住了，神情彷彿見了鬼一樣可怕。循著她的目光，眾人望見路的入口處逆風立著一個人影。巨大的白色披風在風中揚起，短裙長靴，一副少女的打扮，但面容卻模糊不清。

金盞教授忽然開始顫抖，她震驚的表情和橙衣女一模一樣。而多次在祭拜的畫像上見過這個身影的敘述者更是嚇得聲音都抖了起來：「鬼……鬼啊！」

一片鋪天蓋地的寂靜，時間似乎凝固了。即使是那綠衣少年，也緊緊扶著椅背才穩住身軀。許久，那人忽然發聲，語帶嘲弄：「是啊，鬼來啦！小朋友還不快走？」

風又吹動了枝葉，發出一片瑟瑟聲，停駐的時間重新流動起來。金盞面部還在顫抖，但聲音努力保持平靜：「你們先走。去吧。」

在眾人經過那神秘女子身邊的時候，她半恐嚇半玩笑的口氣聽起來真的像來自地獄：「誰要是把秘密說出去，鬼會附身追殺你們的！」

七．

橙茗從來是一個順從的孩子，至少是一個順從的徒弟。即使有時不滿父親的嚴厲，但對師傅金盞，由於太瞭解她的故事，在尊重之外又疊加一層敬重。於是當師傅命令她先離開的時候，她習慣性地接受了指令。本打算趕回去稟告父親，然而奔走到半路，強大的好奇還是席捲了她，她不能不回去看看，尤其當那個人是她親姑姑的時候。

「我親眼見到……見到你的屍骨碎裂後墜入火山……難道，難道還可以縫起來嗎？」金盞苦澀的聲音從不遠處傳來，在寒風中微微搖晃。橙茗藏在山崖下偷聽，小心地用雜草覆蓋住自己。

「你說對了。」那人說話倒是明亮清脆，「布娃娃破了可以縫補起來，為什麼人不可以？」那邊傳來什麼東西碰撞的聲音，橙茗探了探頭。不一會，少女的聲音重新響起，這回平靜了一些。

「父親瞞著眾人跳入火山口，拼了性命收集齊我的屍體，又親自一點點縫起來。我是最瞭解時間秘密的人，因而恢復得很快，容貌不變，甚至沒受什麼痛苦……」那不是真的，橙茗知道。星衍的確提到過半夏自小就天賦異稟，是世界上奔跑速度最快的人，又沒有過多的情感負荷，可以很輕易地接近時間，這也是她能成功入火山取得第一塊石板的原因。然而，生命體的重塑和重生，即使在有助力的情況下也決非易事，那必然是相當痛苦的一次涅槃，更要修復者付出極大的法力。

金盞似乎也並不相信她的說法，她停頓好一會，才沙啞地繼續追問：「所以你數十年來都躲在石洞裡？有多少人知道這件事？」

「十一年零三百六十二天。」那人昂起頭憋笑，像是為自己的秘密而得意，「不多，我的覆滅舉世皆知，而且新的劍聖已經誕生，為了不打破力量守恆我還是躲著比較好。不過有時候幫哥哥修修機關，估計他的部下也猜到一些吧。」

「很好，很，好……」金盞的聲音重新顫抖起來，讓遠處的橙茗都不禁有些擔心，「只有你的父親、哥哥和幾百個部下知道而已，卻沒有我。」

「不是的！」那人終於焦急起來，開始解釋，「哥哥的部下雖然多但大都是呆子，最多十幾個有腦子的吧。那什麼，我只是擔心你會告訴別人……你有很多朋友，不像我……」

截斷她的話，金盞眼睛開始壓抑不住地冒火，死死盯住她：「所以你想說，我是一個口風不緊的人？」

「不，不。」對方彷彿被嚇到，忙斟酌著用詞，「不是那樣。只是有點……有點八卦……」她小聲說完，克制不住地發聲笑起來，好像自覺講了一個特別成功的笑話。除了身邊的卡頓教授，連遠處的橙茗都悲哀地捂住眼睛，深覺此人無可救藥。

金盞雙唇緊抿，無語了一陣，掏出懷裡的劍開始蓄積力量，劍尖在隱隱發光。

「別……別衝動。用我送你的遺物刺殺我不太合適……」半夏還在火上澆油，橙茗聽不下去回身準備離開。一陣陰風起，旁邊的草叢突然傳來簌簌的聲音。有人跟她一樣在偷聽！她忙拔劍起身探看，那邊已經空空如也，只余半彎新月。

不敢發聲怕驚動山頂的談話，她琢磨了一陣，只好決定下山告知父親。

到底是誰和她一樣留了下來？那人會洩露秘密嗎？

八．

書齋離月牙湖有著不遠的腳程，碧煙來不及換下綠色的學生裝，就藉口探望父親而趁夜色匆匆趕來。一片幽藍中，中年男子的身影終於在巨浪中出現，焦急等待的少年忙迎上去。聽完少年的話，他鎮定自若，點點頭負起手：「是時候做些什麼了。早前就有人傳來消息。」

碧煙沒有料到有人比他更早知道這件事。

「想要通過半夏發現時間秘密而打破力量均衡，從而重新分配門派勢力，這樣想的遠不只我們一派。」墨綠衣襟透露了他葉陽門的身份，這一派的人天生多貌美，碧煙正是遺傳了父親，卻還沒有學到父親沉韻的氣質，離父親縝密的心機也差了一成。長髮妥帖地垂在肩上，中年人在笑容裡藏了很多東西，他看向少年，「你這樣匆忙地出來，如果被查到，難免會被懷疑成告密者。」對方顯然沒考慮到這一層，俊美的臉上急得滲出小汗珠，垂下頭來認錯。

「以後行事要更加小心，越是想得到的東西，越是要藏起來。不過放心，你們院長並不會查這件事。」中年人輕撫他的長髮，言語沉著有力，「碧煙，你以為，奔水半夏是個什麼樣的人？」

少年稚嫩的臉上浮起一絲輕蔑：「哼，一個沒長大的孩子。大概跟青鈴似的從小沒爹媽管教吧。」

這話由本就十多歲的孩子說出來頗有些可笑，中年人倒不以為意：「奔水半夏是家中幼女，自小頗受關愛。她幼年的時候家世尚好，連之後的變故之災也並未影響到她。這一點，與星衍很不同……」

中年人所言不錯，半夏並不是一個缺愛的孩子，雖然有著特殊的天賦並因此被迫承擔責任，卻自小被教育只需服從內心，在任何處境中都可以實現選擇的絕對自由。並非不通人情，她通透一切，只是懶慣了，別人對她不上心，她也懶得在意。唯獨一個例外，便願意兩次賠上性命。

I.

半夏，天南星科半夏屬，多年生草本植物。野生於山坡、溪邊草叢中或林下，葉子有長柄，初夏開黃綠色花，佛焰花序。地下白色小塊莖，可入藥。半夏味辛，性溫，有毒。旱半夏屬較好的溫寒化痰藥，其它藥很難替代。

奔水半夏是安陽門望族之後，她的名字由前代大祭祀空桐霜華親自占卜而得。她出生後不久，在各門派的政治動亂中安陽門雖然處於獲勝的一方，但付出了慘重的犧牲，逐漸式微。此後，作為門主的父親和長子星衍開啟了漫長的復興之途，而這一重任也理所應當地延續給了星衍之女橙茗。但對半夏這個有著劍聖使命的幼女卻仍然縱容疼愛，連她改入青陽門派，也並不干涉。

九．

一盞枯燈，兩碗清茶，門外傳來卡頓的提琴聲，輕悠地在風中搖曳。門吱呀一聲打開，帶進一陣冷風。星衍走進來，望著坐在桌子兩頭對視的二人，哼笑出來：「這是怎麼了，相顧無言，只有淚千行？」橙茗垂首跟著父親，進屋後便直奔金盞身後，不看半夏一眼。

半夏難得沒跟他計較，語氣慵懶：「我出山是來實現她的心願，有什麼辦法讓我參加她的婚禮？」

金盞的眼波裡忽然有萬千海浪洶湧，轉過頭來盯著她。

門再度被推開，探進一個小小的腦袋，好奇的眼眸裡盛著清澈如水。

三天後，煥然一新的山頂擠滿了擁擠的人群，多是書齋教授們和前來湊熱鬧的學生，在其中也不乏幾位身居高位的門主，嘈嘈雜雜相當熱鬧。當年金盞作為半夏的助手，雖然為發現第一塊石塊和穿越空間的奧秘作出很大貢獻，但人們只推崇英雄奔水半夏，並不太記得她的存在，這次不知怎麼卻都趕過來了。

即使是新娘，金盞仍打扮得相當素淨。難得穿上一襲棉質的及地白裙，配上斑白髮絲和滄桑面容，莫名有種悲劇的美感。挽著卡頓，她顯得非常緊張，目光很局促地望向四周。

「桃之夭夭，灼灼其華。之子於歸，宜其室家……」儀式進入程式，祭祀完皇天后土，主婚人開始吟誦禮詞。她的心裡是一片空曠的大海，看不見邊界的遼闊和虛無。她知道有人在附近，有人在看著她。可是為保安全，就連她也不知道那人裝扮成什麼樣子，不知道她身處何處。

可是她就在身邊，這種感覺還是讓自己那麼不習慣。金盞是一個極其被環境和他人限制的人。曾經，她再也不敢回故居，再也不做以前共同合作的事業，再也不回曾經一起踏過的街巷，甚至去看心理醫生，努力讓自己遠離和遺忘，最終用十二年的時間承受了那人不在身邊，而這種平衡就在前幾天被打破了。她甚至是怨的，習慣了周而復始的噩夢，時間對她而言已經變得模糊，為什麼又要逼她從夢中醒來。

再次看到那人的時候，光線像是被無限期地拉長了，她懷疑自己跌入了某種不可能存在的虛無。因為曾經她輕視時間，現在時間在蔑視她。直到聽見對方那戲謔的聲音響起，她才從未那樣確信過，那人是真實存在的。

而現在，她自己站在這裡，正在成為別人的新娘。她閉著眼，絞盡腦汁也記不起卡頓的長相，甚至記不起卡頓是誰，在記憶裡只有一整片的模糊不清。

當生命中所有的情緒一起湧來，席捲她的卻是徹骨的疲憊和迷茫。也許，她註定一生都將在自我懷疑和徘徊中度過。

「……今夕何夕，與子同舟。為賀盛宴，新娘的摯友到場送來祝福，她就坐在第二排第五列……」似乎覺察到有些不對勁，主婚人停下來翻看禮詞，思考什麼時候被人加了這一段。而就在此時，所有的人都看向第二排第五列。

奔水半夏此時手拿著玻璃杯，杯裡紅色的液體正在沸騰成彩色，那是現型劑的顏色，而原本偽裝成白髮老者的她也在藥水的作用下迅速地現身原型。一頭烏絲在風中飄起來，落在白色的披風上格外顯眼。光線透過枝葉細細密密地打下來，在少女年輕依舊的面龐上留下陰影。全場忽然而至的巨大沉默和灼熱目光中，她也停頓了一陣，金盞感到自己的心跳都定住了，恍惚中看見半夏望向自己，忽地揚了揚嘴角。

那人站起身走到場中央，端起玻璃杯，舉起杯中沸騰的液體鬼魅地笑起來。只見她雙眸沾沾發光，對著金盞一飲而盡：「願君得償心願。」

在她說出第一個字的那一瞬，背後的天空忽然發亮。

「星隕如雨！」席間，終於有耐不住性子的孩子呼喊起來，緊接著是杯子落地的清脆聲。

十・

那場後世著名的婚禮最終以鬧劇告終，所有人都在震驚于奔水半夏的重新出現，再沒有人注意金盞一眼，連星衍、卡頓也忙著保護半夏和調查動手腳的人。只有金盞的女徒弟出現在她身後，扶住搖搖欲倒的師傅。

史書記載，此後星隕如雨三日不止，百餘顆流星流注交橫，這是從未出現過的奇觀。身負救世使命的劍聖二十年出一位，傳說中的半夏殞命後，命盤本應運轉到青鈴。此次事出意外，當世同時存在兩代劍聖，不能不讓人擔憂力量分配的紊亂。彷彿早有預謀，越來越多不同身份的人站出來指責半夏隱瞞死訊的欺騙性，而由於她十二年前跌落火山只取出了兩塊石塊中的第一塊，雖然解讀出追及光速的方法讓後人穿越空間，但第二塊石板上記載著超越光速的密語更有可穿越時間的力量，開始有人以各種理由指出她應該承擔第二次使命。

當這股聲音彙集成大勢，就像天災之前的小獸，世人都感受到巨大的變動又將到來。此時的金盞已經不如當年般熱血和天真，她深深瞭解浪潮背後暗湧著某種蠢蠢欲動的力量。可是此時的金盞仍然如當年般普通和平凡，她拼了全力仍是無力阻止。

但即使是無力阻止，她仍決定，要像她當年一樣，拼盡全力。

「劍聖」的存在是青陽門從古流傳至今的傳統，此類人群被認為在出生前就被上天親吻過，有著超乎常人的天賦。就像將漫長的時光凝聚縮短在一瞬綻放光華，這樣的身份通常有著短壽的宿命，而也被要求用短暫的生命承擔救世之責。然而在數千年的歲月裡，從未出現過兩代劍聖同時出現的狀況。

入夜，窗外星隕如雨還在零零落落地劃過，天空仍是一片光亮，恍惚間難辨今夕何夕。

出了如此變故，書齋裡宣佈停課一周。此時孩子們各自回屋休息，除了奉命守在師傅身邊的橙茗，屋裡只留下年紀最小的青鈴。

每位「劍聖」的存在方式有所不同，有的在生前就揚名天下，被眾人推舉成劍聖傳人，有的則終身落魄無名，甚至要過了很多年才在光陰的塵埃中被撿起。而像半夏、青鈴這樣的則較為罕見，出生伊始就被發現了異稟並被賦予眾望。也許因為種種緣分，兩代劍聖一見如故，像是找到了靈魂的親人。從初遇時一向高冷的半夏看著青鈴那澄澈的眼神給了對方一個大大擁抱開始，直至婚禮以後的種種變故，青鈴得空就膩在半夏身邊，幾乎成了她的半個徒弟，卻並不在乎師徒禮節，更像一對姐弟。

聽那二人像兩個孩子一般在嘀嘀咕咕什麼，真正入門拜師過的橙茗有些不屑，眼睛只關照自己的師傅。她自己的師傅看起來沒有新婚的喜悅，一邊翻看記載卦辭的竹簡，一邊揉著額頭似乎在為了什麼發愁。

「師傅，您在研究卦辭？可有什麼預兆？」橙茗遞過一盞新泡的楓露茶。

金盞點頭接過，合上竹簡靠在椅背上長噓口氣，仿佛很疲憊：「占卜就像懸掛在空中的一面鏡子，反射出我們存在的情景，並非先知，只是呈現。」

那邊半夏聽了，撇過眼來忽然接了句：「只有看不清自己的人才需要鏡子。」

「是啊，你說的不錯。」

橙茗幾乎以為自己眼花，從婚禮開始就愁眉不展的師傅，居然在愣住一會之後笑了出來。她笑得那麼和睦，仿佛本該如此，屋內此時居然有了一些歲月靜好的感覺。

十一．

「碧煙！你怎麼來了。」即使身後有偶爾劃過的星隕，但深夜走在黑漆漆的路上，平日總是撐著的橙茗也不免有些害怕。此時見到前方有熟人提著火燈籠而來，雖然她沒跟青鈴一樣喊出聲，心裡也是欣喜的。

迎著蹦蹦噠噠上前的青鈴，碧煙凝起笑意，一雙美目彎起來像桃花豔麗：「慢點，小心！正好在星衍院長那裡談些事情，知道你們要走夜路，特意提了火燈籠來接。」從金盞的教授屋宅到學子們投宿的竹樓，中間確實有不少路。剛剛來到書齋就已經成為學生副會長的碧煙考慮周到，連歲數大些的橙茗也不禁心存感激，依著禮節道謝。他是葉陽門門主的獨子，雖然也在另一個平行世界長大，但為人處事的周全之處確是別人比不了的。

「師姐無需客氣。」綠衣少年在前面領路，火光照得他臉色格外妖豔，「金盞師傅和半夏尊師現在情況如何？」

剛剛卡頓教授趕來似乎與她們有要事商議，兩位孩子才被趕了回去。看著青鈴在前面歡快的樣子，橙茗莫名有一股氣，哼了聲別過臉去：「你問青鈴吧，他現在可是認了半個師傅呢！」

碧煙聽著她的口氣一愣，青鈴也頓住腳步：「師姐？」他回過身來，聲音懦懦的，「你是不是對半夏姐有些敵意呢？」

學著師傅長籲一口氣，橙茗昂起頭：「哼，不是誰都得圍著她轉。」

「這話我就聽不懂了。」碧煙望向青鈴，滿臉疑惑。

她抬起腳往前走去，話裡帶一股怨氣：「我可是眼見師傅圍著她傷心了半輩子。說死就死，想活就活，她雖然是大英雄，但凡人的苦痛就沒有人在乎嗎？」

「你以為自己最瞭解你師傅的故事，那你可知半夏姐當年為何而殉火山？」青鈴也不等橙茗就停住步子，語氣是不同於往常的嚴肅。其實，身為金盞徒弟和半夏侄女，原來橙茗瞭解的也不過是外人所知那些，倒不及一個青鈴在旁看得通透。從半夏為圓金盞的心願而入火山，到數十年蟄伏在山洞裡避世，及至三天前為金盞的婚禮再次出世，聽他敘述完那些陳年舊事，三人在風中立了一會。

有星隕落在身後，襯得這時的天地分外浩大。橙茗忽然有些狐疑，難道那天在山崖下偷聽的人是他？那麼，洩密者也是這個小師弟嗎？

「半夏尊師……原來跟你說了這麼多？」見橙茗一直垂首不語，碧煙清了清喉嚨打破沉寂。

「這些不是她說的，是我自己看出來的。」青鈴撓撓頭，又恢復了孩童調皮的神色，「她倒是告訴我了另一件事，便是五步術的秘訣。」

見那二人都轉過頭來細聽，青鈴像是得逞般笑起來：「名叫「五步術」，實為「舞步術」。那劍法的要點並非拘泥一招五式，而是要以放飛的姿態躍起，燃燒成舞步蹁躚。」

「燃燒？」即使有後來對方的解釋，碧煙仍然沒有聽懂。直到他將此稟告給父親時，中年人神情仍然淡淡地，但他居然在父親眼睛裡看到某種敬意。即使將這一要義告知他人，這世上真正能做到的，恐怕也沒有幾個。父親這樣說，歎了口氣，就把此事擱在一邊，也不再提起研習此術一事。一向對修習頗為上心的父親如此反常，大概是控制各門派力量制衡的局面已經耗盡了他大部分精力，碧煙推測，不過那都是以後的事情了。

「劍聖一脈的血液裡流淌著火，註定要用短暫的燃燒照亮黎明。半夏姐說，毀滅本身就是一種永恆的歡樂。」那孩子抬頭望向流星劃過的天空，年輕的臉上浮出教人看不懂的東西，他眼眸閃著光，「看啊，天就要亮了。」

一直沉默的橙茗抬頭看過來，在這個最小的師弟臉上，有火光明滅。

十二．

空桐金盞第一次在世人記憶中留下痕跡，源於那場失敗的占卜祭奠。

星隕如雨到第三天，當各種勢力的壓迫洶湧到頂點，前任大祭司空桐霜華生前的唯一弟子和奔水半夏多年的助手兼好友空桐金盞站了出來，聲稱要用占卜來詢問上天的奧秘。她的身份決定了由她來做這件事讓外人看來合情合理，但她自己卻分外緊張，因為此次要施行的不是虔誠，而是欺騙。

接連數日的星隕如雨已經讓天色變得愈發不正常，詭異的霞光閃爍在琉璃色中。又到了占卜吉時的黃昏時分，點燃一束羽衣草，待燒盡之後將灰灑向大地，她遵循著熟悉又陌生的流程，竭力讓自己保持心境清明，至少在外人看來心境清明。這是她現在唯一能做到的事情了。

金盞收集灰燼來到沙盤前，觀察了一陣頭頂雲圖的形態，將灰燼鋪灑上沙盤。「采采卷耳，不盈頃筐。嗟我懷人，寘彼周行……」伴隨她的發聲，身旁數十人組成的祭祀師們念誦起詩文，沙盤和燒枯的灰燼慢慢地形成了卦象。在眾人的屏息凝神中，金盞面無表情，捧起記載卦象的竹簡，用顫抖的雙手寫下卦辭：「鳳凰從東來，何意複高飛。」

人群的反應很快，快到遠遠出乎她的意料。當她剛剛將卦辭舉起，就有此起彼伏的聲音高喊起來：「不，這不是真的！奔水半夏一定有她的責任和宿命，占卜師，你在試圖隱瞞什麼！」

金盞抿了抿乾澀的唇，站起身剛想說什麼，忽然而至的疲倦讓她失去了意識，重重地跌倒在地。

人們很快原諒了金盞教授。畢竟她新婚不久又剛被發現有孕，體力不支導致占卜失常也在情理中。其實與其說原諒，不如說遺忘。平凡的人做了偉大的事不會被記住，但犯了錯誤也不會被記恨。然而，不會有人忘記奔水半夏的存在，即使有那麼一刻快忘記了，漫天的星隕如雨仍在提醒著這個世界的異常。

為平眾怒，半夏的父親、退居很久的安陽門前任老門主再度出山，親自主持了第二次占卜儀式。這次得到的卦象讓所有人滿意，卜辭上明明白白預言了由半夏去取得超越光速密語的使命。

得知這個消息，還在養病的金盞爬下床，扶著牆，忍住胸口不斷泛上的噁心，走一步歇一步地來到半夏的屋子。為了安全和方便照顧，出山後的半夏就被安排到書齋裡居住，就在金盞的隔壁。推開木門，那人倒像無事一般躺在搖椅上，吱呀吱呀地打晃。

聽到她到來，半夏頭也不回地哼唧了一聲：「好餓啊，晚餐什麼時候到？」

火燭半滅不滅地跳動著，盈盈印在她臉上，場景似乎在重複，和記憶中某段疊合在一起，金盞忽然覺得時間是個假像。她甩甩腦袋，讓自己清醒一點，走過去扶住對方的搖椅，像是走進了一個回憶：「半夏大人，我有一個生辰心願。」

那人斜過眼來掃了掃她的腹部，又回過頭去，神色慵懶如常：「又是自己實現不了的？說來聽聽。」

「願君長歲永安，往事不再現。」

十三・

卡頓教授回到房間，發現自己的妻子又不見了。雖然猜到她去了哪裡，但他只是為自己沏杯咖啡，搬一把竹椅坐下來。不同於語言學者的妻子，卡頓・蒙德是一位吟遊詩人，從遙遠的國度旅行到這裡也是出於探索新世界的目的。此時，他取下自己厚厚的鏡片，靠在椅背上回想這些日子發生的事。

在婚禮禮詞和半夏酒杯上做手腳的人一直查不出來，而金盞剛結束占卜就被人指出破綻。當這些事情合在一起，隱隱地總是有些諷刺。所謂查不出來，也許是有人不想查出來。所謂被指認，也許早有預謀。

「Le jour vient... d'une infinie clarté.
Il s'agit du grand jour d'Eternité
Et de ce jour-là, je suis le chemin.」

他合上了藍色的眼珠，斟著咖啡，嘴唇不動地背誦起故鄉的詩歌。

「昨日，今日，明日

神聖的復活者啊，用那照徹我們的光，你寬恕我們

晨星閃耀。」

有聲音在背後應和，他知道是他的妻子歸家了。放下杯子，卡頓起身去扶她，藍色的眼珠裡都是笑意：「從你的齒籬裡溜出了什麼話？晚上好，夫人。」

「晚上好。」金盞像是累極，無力地趴在床上，歇一會才繼續說起來，「這段時間因為半夏的事情辛苦你了，對不住。」

卡頓脫下風衣，卷起襯衫的袖子幫妻子揉太陽穴：「別這樣說，半夏也是我們的半個介紹人呢。」當年他來到中土，正是出於對「劍聖」這一獨特族群的興趣，也為了搜集資料而跟金盞逐漸熟悉起來。在一個全然陌生的地方，只有精通語言的她能聽懂自己的母語，也能看懂藏在詩行背後的人間傷心事，倒讓他生出幾分親近來。這往後的事，則是意料之外的了。當卡頓漸漸目睹或參與地越來越多，連同自己也被席捲進這團漩渦裡。他不能抗拒那些陰謀，因為他也要生存，但他總可以保持溫和，保持一個詩人對世界的柔軟。

「她的世界並未存在過，但她用自己的光芒照亮了走過的路，在那裏撒上繁花。」一邊仔細詢問金盞的狀況，卡頓一邊適當地調整手法輕重，「我觀察了她這麼久，卻發現還是看不清她。」

在這個人面前，因為並不在意而不緊張，金盞反倒似乎放下了什麼。伸個懶腰，安心把頭埋進床裡，她聲音悶悶地：「我跟自己生活了這麼久，也從來沒有看清過自己。」

十四・

與金盞不同，星衍是親眼目睹第二次占卜結果的。當老父親顫顫巍巍的雙手舉起卦辭的時候，時間仿佛轉回到十二年前，就是這雙手顫抖著在火海中一片片撿起女兒的屍骨，又一針一線地結合著重生術縫合起來，也因此畢生耗盡了所有的法力，而不得不將真實原因瞞著眾人退而不出。在這個過程中，女兒有多痛苦，年邁的他也有多艱辛。而今，他親自將女兒再次推入火坑。

老父親溝壑縱橫的臉上沒有悲傷，他也沒有。星衍相信什麼樣的人有什麼命，就好像什麼樣的人長什麼心，這一點跟妹妹的豁達有些相像，又有些不同。他從小就知道，長子生來就是要承擔家族責任的，不論是興盛，還是衰落。而自從青年時期家道中落以後，他更明白家族和門派的興衰大過一切，不論是親情，甚至是自己。

所以他疼愛妹妹，卻不能很疼愛；疼愛女兒，卻不能很疼愛。對於他而言，只要對門派復興有利，他什麼都要去做，也什麼都能做到。就像父親一樣。

III.

「你不是想得到記載時間的密語嗎？我這就去拿給你。」那人這樣說著，白披風被風呼呼地吹動飛揚起來。她五步一式地旋轉著身姿，如踏起舞步般禦劍隻身朝火山口飛去。

岩漿滾滾而來，淹沒了金盞的驚呼聲。奔水半夏迎著熱浪上去，又在炙紅的火焰中身不由己地沉沉浮浮，像是一場宏大的祭奠。直到耗盡最後的力氣接近並劃破岩壁取出記載密語的石板，她用力將其拋了出來，連同自己的那柄短劍。然後整個人驟然鬆懈下來的樣子，如同斷翅的蝴蝶一樣直直地跌入火山口。

火花一時大振，整個天際都被點燃，火焰當中跌落的她全身被照得通紅。遠遠地，金盞無法分辨那是火光閃爍還是她的血。

時間像是停頓了許久，久得有永恆那麼遠。身邊湧上來人群去爭搶石板，而金盞感覺到自己的靈魂都出竅了，仿佛還站在原地，卻看到自己走上前去，就像走近一個夢境。拾起半夏丟下的短劍，她失神般跌坐在地。

「不，這不是我想要的，不是。」她反復喃喃的只有這樣一句話。

記憶從那個時候開始混亂，金盞再也不能記清發生過什麼，也無法分辨夢境與現實。

十四．

多年以後，白髮蒼蒼的金盞終於可以坐在陽光下，如同當年的半夏一般，眉頭舒展，打開光陰的玻璃瓶。即使那時候對她來說，記憶已經沒有連串性可言，只有短暫的、碎片般的印象，就好像這個故事的講訴，並且順序錯亂，真假攙和。而那時候，她也終於可以停止自我質疑。並非因為找到了答案，只是習慣了不再追問。

根據敘述者後來的描述，星隕如雨到了第四日，等待既然看不到盡頭，人們似乎也逐漸習慣這種不正常。不比前幾天的憂心忡忡，即使是當時呼號聲最激進的人，現在關上窗也可以安心入眠了。

黎明時分，天光忽然大亮，有股莫可名狀的憂戚曲調從冀州邊郊的火燒峰傳來，隱隱中帶著哀憐，喚醒了沉睡的大地。

等金盞終於從夢魘中被驚醒，勉強起身，被卡頓扶著趕了過去。卻發覺聚滿人群的位置不在火燒峰，而在旁邊的月牙湖。她步子顫顫巍巍地，學生們忙讓出一條道，一個個小腦袋閃動著好奇和欲言又止。本想擠上前去的橙茗被父親拉住，見後者搖了搖頭只好作罷，擔心地回望過去。青鈴就站在離她不遠處，神色卻比她淡定許多，只目光專注地朝向湖裡。

不出橙茗所料，在金盞看到月牙湖中央立著的人影時，整個人打著轉快要站不穩了。愈發顯瘦的半夏披起白色風衣，銀質高靴在火光中熠熠，看起來還是那個十多歲的小姑娘，時間也不能傷她分毫。她那樣孤身一人，臉上帶著疏離感，披風被烈烈地吹起，像是重又走回了孤獨中去。

金盞又開始了錯亂，仿佛，初遇就在眼前歷歷重演。

那人踩在巨大的石球上，石球居然遇水而不沉，也不知又被施了什麼幻術。她見金盞來到，彷彿終於等到了故人，嘴角輕揚，步伐輕捷躍起，腳下石球加速轉動起來。

「你們不是想知道超越光速的秘密嗎？我現在就演示給你們看！」石球以肉眼難分辨的速度捲起浪花翻滾，空氣中漂浮著海鹽的味道。她的聲音裡有一種醉酒狂歌似的恣虐，輕啟雙唇，來自湖水的吟唱聲重新響起，蓋過了金盞的驚呼。半夏身後天空忽然有大群星隕如雨落下，光芒湛亮得好像一朵燃燒的佛焰花苞。

物質世界凝固了，時間在這一刻停滯，所有人一動不動，金盞覺得自己的心跳也停止了。她使勁睜大眼睛，也看不見少女在光亮中的身影。但是，卻彷彿看到幾十年的光陰迅速倒流，那些過去的時光，好像都回來了，在眼前粼粼地浮動。

她忽然有些恍惚，如果時間真能倒了回去，過去的往事是不是從未存在。

為了試驗時間的真實性，她的思緒在腦海中迅速奔跑，發現所有的回憶仍然流動地存在。難道記憶和時間沒有統一性？這個結論讓她感到很悲哀。但她可以確信，在那一簇浮動的光亮中她看見了永恆。

當她的思維終於走到初遇那個起點，光線黯了下來，有一滴雨水落在她臉上。可能實際上只有一瞬，又可能在金盞的意念中過了很久。人們將遮住眼睛的手放下來，望見幽藍的月牙湖已是一片平寂，和永久的虛無。那人消失了，連同巨大的石球一起消失地杳無蹤跡。只有兩隻小小的冉遺魚跳起來，濺起幾滴水花，閃著銀色的光。

接連數日的星隕如雨也停了下來，分離只有短暫的一瞬間，甚至不用說再見。或者說，如果光陰是一個線團，永遠也繞不到盡頭，那麼也就沒有需要分離。一切彷彿都沒有發生過一般，唯一能證明存在的，是湖底仍然在迴蕩的吟唱，淒淒地像是長生鳥的催靈聲：「葛生蒙棘，蘞蔓於域。予美亡此。誰與？獨息！」

十五・

奔水半夏沒有食言，她踩在自己研發的時間加速儀上，施展五步術消耗了作為劍聖的所有力量而跑到光陰的前頭，最終超越了時間。然而，由於並未拿出第二塊石板並真正得到密語，因此她只能永遠在宇宙虛無裡奔跑，但無法停在任何一個時空，也無法回家。就像進入了一個有著很多房間的長長走廊，卻沒有打開任何一扇門的方法。而且，她的方式沒有可複製性。

可是半夏也實現了金盞的心願，由於跑在了前面，她永遠不會受到時間的傷害。她將不會老去，也不會消亡，雖然再也不能停下來，但她將長歲永安。

事實上，在離去以前，總被人以為孩子氣的半夏給星衍留下了長長的一封信，講述對長兄長久以來背負門派重負的理解。信裡還周全地提及門派、書院、父親、青鈴甚至是橙茗的種種事宜，交代身後事的口吻極其穩健。不過，相比起給其他人的幾大段書寫，對於金盞，她只在結尾處淡淡提到兩句：「告訴她，時間是一種幻覺。那些痛苦的、歡樂的，並沒有發生過，她唯一生存的只是在當下那一刻。」

而她給金盞的信——也許稱為字條更合適——歪歪扭扭地只有兩行字：

「我並不在這裡

那些並沒有發生」

THE END

釀奇幻01　PG1623

玄牝之門
──金車奇幻小說獎傑作選

策　　劃　金車文教基金會
作　　者　巫玠竺、瀟湘神、周祉譽、鐘小建、吟光
插　　畫　Bruce Junior
責任編輯　喬齊安
圖文排版　周妤靜
封面設計　蔡瑋筠

出版策劃　釀出版
製作發行　秀威資訊科技股份有限公司
114 台北市內湖區瑞光路76巷65號1樓
電話：+886-2-2796-3638　傳真：+886-2-2796-1377
服務信箱：service@showwe.com.tw
http://www.showwe.com.tw
郵政劃撥　19563868　戶名：秀威資訊科技股份有限公司
展售門市　國家書店【松江門市】
104 台北市中山區松江路209號1樓
電話：+886-2-2518-0207　傳真：+886-2-2518-0778
網路訂購　秀威網路書店：http://www.bodbooks.com.tw
國家網路書店：http://www.govbooks.com.tw
法律顧問　毛國樑　律師
總 經 銷　聯合發行股份有限公司
231新北市新店區寶橋路235巷6弄6號4F
電話：+886-2-2917-8022　傳真：+886-2-2915-6275

出版日期　2016年10月　BOD一版
定　　價　300元

Printed in Taiwan

國家圖書館出版品預行編目

玄牝之門：金車奇幻小說獎傑作選 / 巫玠竺等作.
-- 一版. -- 臺北市：釀出版, 2016.10
面； 公分. -- (釀奇幻；1)
BOD版
ISBN 978-986-445-139-5(平裝)

857.61 105013546

讀者回函卡

感謝您購買本書，為提升服務品質，請填妥以下資料，將讀者回函卡直接寄回或傳真本公司，收到您的寶貴意見後，我們會收藏記錄及檢討，謝謝！

如您需要了解本公司最新出版書目、購書優惠或企劃活動，歡迎您上網查詢或下載相關資料：http:// www.showwe.com.tw

您購買的書名：________________________________

出生日期：________年________月________日

學歷：□高中（含）以下　□大專　□研究所（含）以上

職業：□製造業　□金融業　□資訊業　□軍警　□傳播業　□自由業

□服務業　□公務員　□教職　□學生　□家管　□其它______

購書地點：□網路書店　□實體書店　□書展　□郵購　□贈閱　□其他

您從何得知本書的消息？

□網路書店　□實體書店　□網路搜尋　□電子報　□書訊　□雜誌

□傳播媒體　□親友推薦　□網站推薦　□部落格　□其他__________

您對本書的評價：（請填代號　1.非常滿意　2.滿意　3.尚可　4.再改進）

封面設計____　版面編排____　內容____　文／譯筆____　價格____

讀完書後您覺得：

□很有收穫　□有收穫　□收穫不多　□沒收穫

對我們的建議：________________________________

____

____

____

請貼
郵票

11466
台北市內湖區瑞光路 76 巷 65 號 1 樓
秀威資訊科技股份有限公司 收
BOD 數位出版事業部

....

（請沿線對折寄回，謝謝！）

姓　　名：＿＿＿＿＿＿＿＿＿　年齡：＿＿＿＿　性別：□女　□男

郵遞區號：□□□□□

地　　址：＿＿＿＿＿＿＿＿＿＿＿＿＿＿＿＿＿＿＿＿＿＿＿＿＿

聯絡電話：(日)＿＿＿＿＿＿＿＿＿＿(夜)＿＿＿＿＿＿＿＿＿＿

E-mail：＿＿＿＿＿＿＿＿＿＿＿＿＿＿＿＿＿＿＿＿＿＿＿＿＿